視えるのに祓えない
～九条尚久の心霊調査ファイル～

橘しづき Shizuki Tachibana

アルファポリス文庫

JN095772

https://www.alphapolis.co.jp/

目次

八一〇号室

「捨てるなら、私にくれませんか」

　時刻は真夜中。真冬の容赦ない寒さが肌を突き刺す。少しでも息を吐けばそれは白く空へと昇り、手先はかじかんで痛みを覚えるほどだった。空は私の気持ちとは裏腹に、星が綺麗に輝いている。

　それまで人気（ひとけ）など感じなかったのに、背後から突然抑揚のない声が聞こえ飛び上がった。冷え切った手で目の前の柵を握っていた私は、一旦そこから手を放し、すぐに振り返る。

　暗闇の中に見えるその顔は真っ白だった。白い肌、白いトレーナー。羽織っているコートとパンツは黒で、モノトーンな出で立ちだった。鼻筋がすっと伸びた顔は日本人離れして綺麗だけれど、どことなく感情が読み取れない恐ろしさがあった。年は二十代半ばくらいだろうか、自分とあまり変わらなそうだ。

せっかく綺麗な顔立ちをしているのに、彼の黒髪は無造作に伸びており、彼は身嗜みに対して無頓着だろうと想像させた。

やや猫背のその人は、寒そうに手をコートのポケットに入れたままもう一度言った。

「捨てるなら。くれませんか」

男の口元から白い息が漏れる。黒い瞳で見つめられ、その真っ直ぐな視線につい、たじろいだ。自分の着ている茶色のコートが風に靡く。同時に、少し長めの前髪が巻き上がり一瞬視界を遮ったが、髪の隙間から見える男性は、じっとこちらを見つめ続けている。

「あの、捨て……?」

「捨てるんでしょう」

キッパリとそう断言したのを聞いて、はっとする。ようやく男が言いたいことが分かったのだ。私は彼から目を逸らし、冷え切った手を擦り合わせて平静を装った。

「なんのことですか? 私にはさっぱり」

「どうせいらないのなら私にください」

全く引かない彼の様子に、眉を顰めた。

「……いいえ。あなたにあげられるものは何もないので。では」

「悪いようにはしません」

「だから。なんのことか——」

「いらないいんでしょう？　命」

　ストレートに言われて、つい口籠る。男はふうと息をついて空を見上げた。

「こんな真夜中にこんな廃墟ビルの屋上で何をするかなんて、考えなくても分かりますよ」

「……いらないとはいえ、見ず知らずの男性にあげるつもりはないです」

　死のうとしている女を手に入れてどうする気か。そんなのこのポンコツ頭でも考えれば分かる。例えば臓器売買？　風俗に沈めるとか？　冗談じゃない。私はもうこれ以上辛い目に遭いたくなくて死にたいのに、なんであえてそんな道を進むと言うのだ。いくら男が美形でもついていくという選択肢はない。

「では、失礼します」

　私は口早にそう言い残すと、そそくさと男の横を通り過ぎた。時間をかけて上ってきた階段を、今度は下りねばならないのかと思うと憂鬱（ゆううつ）だ。まさか邪魔が入るとは思っていなかった。心の中でため息をつきながら、壊れかけている屋上の扉を目指した。扉は風に吹かれキイキイと揺れている。

「あなたのその能力を有効に使える仕事があります」

背中に投げられた言葉につい足を止めた。男を振り返ると、彼は無表情でポケットに手を入れたまま、じっと私を見ていた。私は呆然と呟く。

「……なにを」

「邪魔だと思っていたその能力を、逆に活かしてみませんか。どうせいらないなら、私に任せてみませんか。悪いようにはしませんよ」

丁寧な敬語と抑揚のない話し方がアンバランスだった。

……何を言っているのだろう、この人は。心臓がバクバクと騒ぎ出す。まさか、あのこと？　どこからか調べたのだろうか。だとしたら、一体それを使って何をするのが目的なのだろう。悪巧みか、金儲けか。

返す言葉を失くしている私をよそに、男はポケットからゆっくり手を出し、長い人差し指をゆるく伸ばして右側を指した。私はそちらに目を向ける。

「例えば、あんな風にここに残るのがあなたの望みなんですか」

彼が指さした場所には、女がいた。うるさかった心臓の音がなお響く。

女はこちらに背を向けたまま、柵の外側に立ち俯(うつむ)いていた。黒髪のロングで、Tシャツにジーンズを穿いている。冷たい風がぶわっと吹いたが、彼女の髪は揺れなかった。

微動だにせず立ち尽くすその姿が、正常なものではないと物語っている。ただただ無言で、女は立っていた。彼女の向こうには、真っ暗な闇があるだけ。

「待って……だめ！」

反射的にそう叫び、彼女のもとへと走り出した。だがその瞬間、彼女は飛び降りた。私は短く悲鳴を上げる。自分の口を両手で押さえながらも、ふと、周りが風の音ぐらいしか聞こえないことに気がついた。

……ああ、まさか。

キイキイと背後から音が聞こえた。屋上の扉が揺れる音だ。嫌な予感がして息を呑み、ゆっくりとそちらに目をやる。その扉から、先ほど飛び降りた女が再び入ってきたのだ。そこで初めて顔が見える。別段変わった女性ではない、そこらにいそうな平凡な女性だ。だが、その表情は暗く絶望そのものを指しているようで、一点のみを見つめて歩いていく。

そして柵を乗り越え、縁に立ち、また暗闇に飛び込んでいく。私は今度は止めなかった。止めても意味がないと分かったからだ。

「繰り返すんですよ。永遠に」

無慈悲な声が聞こえた。だが今、私の心の中を大きく支配している感情はたった一つだった。目を見開いて男を見る。私をじっと見つめるその瞳はまるでガラスのようだ、と思った。

「あなたも……視えるんですか……？」

私が尋ねても、男は何も答えなかった。


自分でも正気を疑うが、私は男についてきてしまった。

長い階段を無言でゆっくり下り、外にようやく出てみれば、タクシーが一台停まっていた。男は何も言わずにそこに乗り込み、「どうぞ」と私に促（うなが）す。仕方なしに従うと、タクシーがゆっくり発車した。静かな車内で、私は様々な疑問を心に抱く。

まず第一に、なぜ真夜中にタクシーでわざわざこんなところに来たのだろう。ここは私が調べに調べ抜いた廃墟ビルだ。周りに人気（ひとけ）もない。飛び降りた後誰かにぶつかる心配もなく死ねるかと思っていたのに、私の計算違いだったのか。

恐る恐る隣の男の顔を見た。やはり羨（うらや）ましいほどすっと高い鼻。毛穴一つない白い肌。ハーフとか、クォーターとかかもしれない。でも瞳の色は黒色だ。

男は何も言わずにぼうっと一点を見ているだけだった。人を誘っておいてこれからどこに行くのか、名前は何なのかを教えてくれるそぶりもない……やっぱりついてきたのは間違いだったかな。

　早速後悔し始めた自分は、冷や汗を掻きながらソワソワと目を泳がせた。唯一の救いとばかりに、タクシーの運転手さんの顔を見てみれば、中年のおじさんは完全に表情が固まっていた。そりゃそうか、あんな不気味なビルの前に一人待たされた挙句、客は無愛想で無言の男女だし、きっと彼が誰より後悔しているに違いない。とんでもない客を乗せてしまった、と。

　私は小さく息をついて、真っ暗な窓の外を眺めた。木ばかりが聳(そび)え立つ細い道を、タクシーは慎重に進んでいく。ガラスに映った自分の顔を見て、少し眉尻を下げた。セミロングの黒髪は風に煽(あお)られてボサボサだし、化粧を施(ほどこ)していない顔は、している時と比べて幼く見えた。

　そういえば最近痩せたかもしれない、と頬を触る。隣にとんでもない男前がいるというのに、自分は地味な格好をしていることが、どんどん気になってきた。いや、身(み)嗜(だしな)みも体型も今はどうでもいいのだ。

「黒島光(くろしまひかり)さん」

「ひゃっ！」

　突如呼ばれて声が漏れた。それは静まり返った車内に急に声が響いたのもあるが、

なんといっても、

「わ、私、名前言いましたっけ?」

教えてもない自分のフルネームを呼ばれたことに対する驚きだった。だが男は飄々とした顔でこちらを覗き込んでいる。ああ、やっぱり綺麗な顔なのにどこか掴みどころのない不思議な人だ。

「ああ、すみません。ちょっとしたツテで知りまして」

「ツテ……?」

「まあそれはいずれ分かると思います。それより、今からご案内するところは私の事務所です」

「じ、事務所って!」

やっぱり怖いところに連れていかれ、売られたりするのだろうか。怯えて飛び上がった私に、彼は首を横に振って言う。

「勘違いしないでください、私が経営している小さな事務所です。怪しいことは何もしていません」

「そ、そうですか」

ほっと胸を撫で下ろす。怪しいところに連れていかれるのかと思ったけど、違うらしい。

「えっと、どんなお仕事を……？」

「それもすぐに分かります、あなたに向いているところですよ。ところで黒島さんは、今住む場所がないですね？」

「……あの、だから、どこでそれを」

「身の回りを綺麗にしてから死にに行くなんて律儀ですね。狭い事務所ですが、しばらく寝泊まりに使ってもらっていいですよ、仮眠のためのベッドがありますから。少し働いてみて続けるか決めてください」

「……あの、どうしてそこまでしてくれるんですか？」

「あなたが優秀な能力をお持ちだと知ったので」

「だからどこで？」

「いずれ分かります」

全く要領を得ない会話はそこで途切れた。気づかない間にタクシーは明るい道に出ており、一つのビルの前に停車したからだ。ほっとしたような顔の運転手に、男はお金を差し出した。財布ではなく、ポケットからそのまま出したお金だ。

私は横目でそれを見てから窓の外を見回してみると、思ったよりずっと普通の場所だった。小さめだが小綺麗なよくあるビルだ。道路はそこそこ車通りのありそうな広さで、周りにも似たようなビルが建ち並ぶ。時間が時間だけに街灯のみでひっそりとした道だが、昼間なら結構明るいかもしれない。彼が言っていたように、怪しい場所ではなさそうだ。

隣の男はのそのそとゆっくりタクシーを降りようとして、最後の最後でタクシーの天井に頭を強く打っていた。なかなかの大きな音が車内に響き、運転手さんも思わず振り返る。普通、急いでもいないのに、そんなところにぶつけるだろうか？　唖然とした私には目もくれず、不機嫌そうにその人はポリポリと頭を掻いた。

「……痛いです」

「……痛そうですね」

「黒島さん、降りないんですか」

そう言われ、頭は打たないように気をつけながら慌てて続いた。タクシーの運転手は最後にようやく笑顔を見せて、ドアを閉めて発車させる。なんとなくそれをぼんやり見送っていると、男はそんな私を気にもかけず、一人ビルに入っていくので必死に追った。

そのまま階段を上っていく彼に素直についていくと、なんと五階分も上らされた。

なぜエレベーターを使わないのだろう、確か階段のすぐ隣にあったはずなのだが。

乱れてきた呼吸をなんとか整えながらついていくと、ようやく階段から解放され、一つの扉の前に辿(たど)り着いた。看板もプレートも何もない。

「……あの、ここの名前って」

聞こうとしたが男はそそくさと中へ入っていってしまう。私はまた慌てて追いかける他ない。彼はかなりマイペースな人らしい。

中はさほど広くはないが、掃除は行き届いている。真ん中には来客用と見られる黒い革のソファにガラスのテーブル。そこには指紋一つついていない。少し離れた窓際にはデスクと椅子がある。デスクには何やら山積みの紙類と、同じ種類のお菓子がいくつも置いてあり、ここだけ乱雑さを感じた。

私は辺りをチラチラ見ながら、勝手に座るのも気が引けて立ち尽くす。

男はゆっくりとした歩調でソファまで歩み寄ると、ドサリとそこに腰掛けた。ようやく「どうぞ」の一言が出るのかと足を踏み出した瞬間。

「……ふぁ」

彼は大きな欠伸(あくび)を一つかますと、そのままソファにゴロリと横になった。身長が結構高いため、足がソファからはみ出ている。靴すら脱いでいないので、履いている黒い革靴の裏が見えた。あ、ガム踏んでる……ってそうじゃない、このまま眠られたら、私はどうすればいいのだ。

「あの！」

勇気を出して声を掛けると、彼はもうすでに閉じていた目を半分ほど開けた。

「わ、私はどうすれば！」

未だに何も聞いていないのだ。彼の名前も、ここが何なのかも、なぜ私に声を掛けたのかも、何一つ。それなのに人を放って寝始めるとは、一体どれだけマイペースなのだ。

彼はああ、と小さく声を漏らした。そして面倒くさそうに起き上がる。

「そうでした、あなたはこちらへ」

彼は立ち上がり、部屋の隅にある白いカーテンへ向かいそれを開ける。私も続いて覗(のぞ)いてみると、中にはキッチンが見えた。キッチンと言ってもコンロが一つだけの小さなもの。あとは食料が並べられた棚に冷蔵庫、更に奥には簡素なベッドが見えた。シーツに薄い毛布があるだけのものだ。

「あなたはここで寝てください。では」

「……え⁉　ここですか？」

驚いて彼を振り返るも、すでにまたあの黒いソファに戻っていく途中だった。私は慌てて話しかける。

「いや、あの、寝るって！　でも——」

「こんな時間なので眠いです。おやすみなさい」

私は戸惑った。カーテン一枚で仕切られただけの部屋に、さっき会ったばかりの男と寝ろとは、さすがにどうなのだ。しかも名前も年も知らない、能面のような顔をした男と。そう抗議しようとしたが、彼がこちらを見てきて目が合った瞬間、言葉が出なくなった。

ガラスみたいな黒い瞳が綺麗だ。吸い込まれそうなほどに。白い肌は、電気のついた明るい部屋ではなお白く見える。髪は風に吹かれたせいか、酷くボサボサなのが残念でならない。

「何か問題でも？」

薄い唇がそう告げた。意識しているのは私だけだと思い知らされる言い方だ。私は何も言い返せなくなる。

「……いえ、明日、色々聞かせて頂けますか」

「ええ、もちろん。おやすみなさい」

それだけ言うと、彼はまたソファにゴロリと寝そべり、ものの数十秒で寝息を立て始めた。どう見ても狭くて寝辛そうなソファだけど、それは私がベッドを奪ってしまったからなのか。

私は彼の寝顔を見ながら、やはり間違えたかもしれないと思った。同じように『見えざるもの』が視えるのだと感激して、素性も分からないのに、ついついてきてしまった。

……でももう、しょうがない。

私は無言で白いカーテンをそっと閉めた。どうせ死ぬつもりだったのだから、どうにでもなれ、だ。そう開き直ると、少し硬めのベッドに体を横たわらせる。そしてそのまま眠りに落ちてしまったのだった。

*

私の顔は今きっと真顔だと思う。腕を組んで見下ろす先には、人形のように整った、けれども顔色が悪い男が横になっていた。寝息は聞こえる。だが、昨晩最後に見た格好と同じ姿のまま今日を迎えている。

「……大丈夫かな」

時計を見上げると、時刻はすでに昼の十二時。昨夜は確か、午前二時に寝付いたから遅かったけれど、それでももう十時間は寝ている。朝方目覚めた私は、男が起きるまで待っていようと気楽に考え、一人近くにあったコンビニまで出向き、歯ブラシなどを購入し身支度を簡単に整えた。

そして退屈と闘っていると、気がつけば昼。さすがに起こそう、と思い立つ。ソファで足をはみ出したまま寝る彼は、毛布一枚も掛けることなく熟睡していた。その肩にトントンと手を置き、もうお昼ですよ、と声を掛ける。

ところが、である。この男、眉一つ動かさない。もう少し力を強くして肩を叩いてみたが、結果は同じだった。少し苛立っていた自分は更に強く、更に強くと力を加え、最終的には彼の肩を大きく揺さぶったものの、やはり起きない。次第に苛立ちを通り越して恐怖が訪れた。

もしや何かの病気だろうか、例えば脳に障害が起こったなど。そう考えると焦ってしまう。強く揺さぶるのもよくないと考え、瞼（まぶた）を無理に開けてみたり、冷水で冷やした手でおでこに触れたりしたけれど、ノーリアクション。もしや私、死人と一晩過ごしたのだろうか。一番のホラーである。

いやいや、早まるな自分。死人ではない、息はしている。でも起きない。これはいい加減救急車を呼ぶべきだろうか。怖くなってしまった私は、オロオロとその場に立ち尽くした。救急車を呼ぶにしても自分はスマートフォンを持っていない。この人のがあるだろうか。勝手に探してもいいだろうか。いや、他のテナントに駆け込んで電話を借りるのはどうだ。そうだそれが一番だ、そうしよう！

決意して、事務所から出ようと扉に手を掛けた瞬間だった。触れていないその扉が突然ガチャリと開かれた。

「うわっ！」

叫んだのは私ではなかった。目の前にいた若い男の人が、目を丸くして飛び上がった。そして私に尋ねる。

「びっくりした！　ど、どちら様⁉」

男の人は二十歳前後だろうか。あどけない顔立ちは学生のようにも見える。茶色のモッズコートを着て、手にはコンビニの袋をぶら下げていた。黒髪に丸顔。あの能面な男と違って、表情豊かな人だった。

「あ、すみません……。私、黒島光といいます。えっと、こちらの方ですか？」

「は、はい。そうですけど」

「あの、男性の方が全然起きなくて……揺さぶっても何しても！　何かの病気かもしれません。救急車を呼んで頂けますか⁉」

焦って言う私の顔を見て、彼はきょとんとした。そして部屋の中を覗き込む。ソファに寝そべる男を見て、ああ～と納得したように頷いた。

「えーと、ちょっと待ってくださいね～」

慌てる様子もなく、ニコニコしながら私にそう告げると、男の人は中へ入り持っていた袋をガラスのテーブルに置いた。そしてそれをゴソゴソと漁り、中からお菓子を取り出す。私は首を傾げてその光景を見つめる。

あのお菓子は、窓際に置かれたデスクの上に積み重なっている物と同じだ。細長い棒状のビスケットに、チョコレートがコーティングしてある、知らない人はいないメジャーなもの。パッキーという名で、味のバリエーションも苺だの抹茶だのと豊富な甘いお菓子である。

彼はその封を開けて一本取り出すと、なんとそれを寝ている彼の口にずいっと突っ込んだ。そして耳に口を近づけると、部屋が揺れるんじゃないかと思うほどのボリュームで叫ぶ。

「九条さーーん‼　朝でーーす‼」

私は唖然とその光景を見ていた。あんな起こされ方をしたら、私ならブチ切れる。でも、九条と呼ばれた男はその声に反応して、ただゆっくりと目を開けた。ぼんやりとした目の光が、寝ぼけていることを物語っている。そして彼は突っ込まれたパッキーを、もぐもぐと少しずつ齧(かじ)った。

大声を出した男の人はふうと息をついて、困ったようにこちらを見た。犬のように人懐こい笑顔だ。

「こうしなきゃ起きないいんですよ」

「は、はあ……」

「ほら、九条さん、相談者さん来てますからどいてください。もう昼ですよー？」

九条さんは素直に立ち上がった。頭を掻きながらデスクの方に移動し、気怠(けだる)そうに椅子に座ると、くるりと回転させる。

「さ、お待たせしました。どうぞこちらへ！」

男の人にニコニコとソファを勧められ戸惑う。

「あ、いや私は……」

「すみませんね～九条さんほんと寝起き悪くて。一日中寝てることもあるくらいなんですよ。どうぞどうぞ！」

どうやら私は来客と勘違いされているらしかった。さてどう説明しようか困っていると、寝起きの声で九条さんがようやく言った。

「伊藤さん。その人は客ではないです」

「へ？　客じゃないって」

「今日からここで働く黒島光さんです。よろしく」

九条さんはデスクの上に置いてあった菓子を取り出してまた食べている。だらしなく椅子にもたれて、どこかぼんやりと天井を見上げていた。伊藤さんと呼ばれた男の人は、驚いて九条さんに詰め寄った。

「ええっ、僕聞いてませんけど！」

「ええ、今言いましたから」

「なんで急にそんなことに⁉　昨日の今日で、こんな女の子を！」

「昨晩ある縁がありまして」

すっかりここで働くことになっている。だが、私はまだ決めたわけではない。そもそも、どんな仕事なのかさえ知らないではないか。私は静かな声で彼らに言った。

「ここがなんの事務所かも聞いてませんし、あなたの名前すら今知りました。お話を聞かせてもらう、という約束でしたので、まだ働くかは分かりません」

私が訂正すると、しんと静まり返った部屋に、パッキーを齧る音だけが響く。伊藤さんは困ったように立ち尽くしていた。少しして、九条さんは表情を変えずに言う。

「確かにそうでしたね。失礼しました」

九条さんは半分ほどになったパッキーを一気に頬張ると、私の方に向き直った。

「九条尚久といいます。単刀直入に言いますと、この事務所は心霊調査事務所です」

「……心霊調査？」

「大体は想像がついていたでしょう？」

彼は無表情で言い放った。私は押し黙る。確かに、私のこの能力を活かせる仕事、と言われればそんな感じかなと頭をよぎった。だが、心霊調査なんて怪しすぎるし、一体何を調査するというのだろう。

「調査、って言いますと、具体的にどんな……」

「世の中には怪奇な現象に悩む方々が多くいます。そんな人たちの依頼を受けて調査し、原因を追及、現象の改善に努める仕事です。つまりは『見えざるもの』が起こしている現象を止めることが目的です」

淡々と説明する彼に、私は開いた口が塞がらなかった。怪奇現象を止めるということはつまり、あの者たちを成仏させるということか。調査とか言っているけど、俗に言う霊媒師のようなものだろう。私はすっと冷静になる。そして小さく息をつき、視線を落とした。九条さんは気づかないのか話を続ける。

「黒島さんのように視える方は希少なので。適材適所かと」

「無理です」

小さい声で、しかしきっぱりと断言した。だけど、九条さんは気にした様子もなくまた袋からお菓子を取り出す。人と会話しているというのに、緊張感がない人だ。

「……私は確かにその、普通の方が見えないようなものが視えます。でも、視えるだけなんです。除霊とか、結界を張るとか、そんなプロのようなことは一切出来ません。ですからお役に立てないと思います……ありがとうございました。お話だけでも聞けてよかったです」

もし私に祓うような力があったなら、これまでの人生、こんなに悩まなかったかもしれない。この力を活かして、金儲けでも企(たくら)むような強い人間になれたかもしれない。

しかし、あいにく私はただ視えるのみ。基本はこちらからは触れない、話せない。そんな私が働けるわけがない。

私は一礼して踵(きびす)を返した。同じように視える人に出会えたのは嬉しかったけれど、私は彼のようには生きられない、違うタイプの人間なのだと思い知ったのだ。ここから立ち去った後どうしようか考えつつ足を踏み出すと、背後から声がした。

「私も祓えませんよ」

「……え？　なんですって？」

驚いて振り返り見たのは、少しイラッとさせられるほど、やる気のない姿勢で菓子を頬張る九条さんの顔だった。

「え、でも」

「除霊などする能力はありません。そういった特殊な能力を持つ人間は、ほんの一握りですよ」

「じゃあ、どうやって怪奇現象を止めるっていうんですか？」

「あなたは、見えざるものたちを鎮める方法は除霊しかないと思っているのですか」

「だって、それがオーソドックスな形じゃ……」

「まず第一に、除霊と浄霊の違いはご存知で？」

私は小さく首を横に振る。九条さんは少しだけ呆れたように、けれども丁寧に説明し始める。

「いいですか。基本的に除霊は霊を払い除ける行為で、つまりは霊自体はまだ存在していることが多いです。なので除霊後、再び同じ霊に取り憑かれるパターンもあります。次に浄霊は、分かりやすく言えば、その霊が持つ強い思いや、しがらみなどを浄化。そして成仏、もしくは無害な霊にさせることを言います」

「……そ、そんな違いがあるのですか」

「どちらも難易度は高い行為です。ですが、この事務所が行なっていることを当てはめるなら後者……つまりは浄霊」

　九条さんは遊ぶように椅子をくるりと回転させる。

「怪奇な現象を起こすほどの霊たちは、大抵強い念を持って留まっています。その念の原因を探ることが第一です」

「でも私、霊と会話とかは出来ませんよ……本当に視えるだけで」

「黒島さん。屋上で視たのは、どんな人でしたか」

　突然聞かれて、昨晩見たあの女性の姿が目に浮かんだ。

「え、どんなって……普通の女の人でしたよね。ロングの黒髪で、ジーンズとTシャツを着てた……」

　私が言うと、九条さんが急にこちらを向いた。その鋭い視線に、つい言葉が止まる。

「黒島さん。私は視えません」

「え？　でも、あの時指さして――」

「詳しく言えばはっきりとは視えない、です。黒い塊がぼんやりと視えるだけなんです。なんとなくシルエットで女性か男性かの違いが分かる程度。あとはオーラで危険かそうではないかを判別出来ますが」

「へぇ……そういう視え方もあるんですか」

自分と違うものが彼には視えているのか。少し面白い、と感心してしまった。

「あと、声が聞こえます。場合によっては会話が可能なことも。なので、あなたのようにしっかり視える人の力が欲しかったのです。視えるあなた、聞こえる私。合わせれば確実に作業は円滑化する」

「え、でも伊藤さんは……」

私は近くにいる伊藤さんを見る。こんなところで働いているのだから、彼だって能力を持っているのではと思ったのだ。しかし本人はニコニコしながら首を横に振った。

「あ、僕全然だから」

「え、そうなんですか？」

じゃあ能力もないのに、なんでこんな変わった事務所で働いているのだろう。その質問をする前に、九条さんが言う。

「伊藤さんはエサです」

「エサ？」

「あとはこの事務所の経理や来客の相手、掃除や情報収集などが主な仕事です」

エサについて追及したかったが、九条さんは私が話す隙を与えず続ける。

「少し働いてみませんか、黒島光さん。どうせもう全て終わりにしようと決意していたくらいなら、少し試してみてもいいのでは」

九条さんの誘い文句に、私は目を泳がせた。正直言って、あの見えざるものたちとはなるべく関わりたくない。どんなことをするのか具体的にはイマイチ分からないし、この九条という男だって、掴みどころがなくて苦手だ。

ここで、はいと言っても大丈夫なんだろうか……。確かに、もう死ぬつもりだったけど。死ぬ気になればなんでも出来るって、よく聞くけれど。

心の中で悩んでいると、ふとある人の顔が浮かんだ。今は亡き、あの笑顔が目に浮かぶ。心に直接入り込んで、やってみなよと囁いてくれているような。

私は強く拳を握る。その囁きに、身を委ねてみたいと思った。

「……分かりました。少しだけ、働いてみることにします。とりあえずお試しということでどうでしょうか」

私がそう返答しても、九条さんは表情を変えなかった。少しだけ頷いて頭を掻く。

「ではお願いします。ああ、伊藤さん。黒島さんは今住む場所がないので、この事務所で寝泊まりしてもらいます」

「えっ、ここでですか？」

「はい。ベッドがあるでしょう」

伊藤さんは信じられない、とばかりに目を丸くして九条さんに詰め寄った。

「あんな仮眠用のベッドで⁉」

「はい」

「そもそも九条さんだってよく事務所で寝てるじゃないですか」

「私は昨日のようにソファで」

「女の子！　黒島さん女の子なんですよ！」

「はあ、何か問題でも？」

「もう、問題だらけでしょうが！」

「では伊藤さん、あなたの家にでも泊めてあげて――」

「もっと問題だらけでしょうがぁ‼」

焦って説明する伊藤さんとは対照的に、何が問題なんだと不思議がる九条さん。その掛け合いが、なんだか少しだけ面白かった。どうやら伊藤さんは常識人のようだ。

それが分かっただけでも嬉しい、九条という男はあまりに不思議な人すぎるから。

「伊藤さん、私は大丈夫です、なんとかなります」

「え、ええっ……」

「もし必要と感じればすぐに部屋を探しますから」

「そうなの？　黒島さんがそう言うなら……」

渋々引き下がる伊藤さんだが、すぐにあっと思い付いたように私に笑いかけた。

「じゃあ今からこの辺案内しますよ！　コインランドリーとか銭湯とかあるから。それに泊まるなら買っておきたいものあるんじゃない？　買い物付き合いますよ」

「え、でも……」

「いいですよね、九条さん？」

伊藤さんが尋ねると、彼はすぐに頷いて許可をした。まあ、確かに着替えすら持っていない私には必要な提案だ。少しならお金もある。

「よし、じゃあ黒島さん行きましょう」

伊藤さんはそう言ってにこやかに笑った。私は置いてあった鞄を手に持ち、促(うなが)されるまま事務所を後にした。九条さんは興味なさそうに私たちを見送っていた。

事務所から出てエレベーターに乗り込む。一階に下りている間に、伊藤さんが自己紹介をしてくれた。

「そうそう、僕は伊藤陽太です。よろしく！」

伊藤さんは笑ってそう言った。見れば見るほど、可愛らしくて人懐こい笑顔だ。右側だけに小さなえくぼが出来ている。

「あ、改めて……黒島光です。よろしくお願いします」

「よろしく！　九条さんも言ってたけど、僕は主に雑用だから。なんでも言ってね」

「はい、ありがとうございます」

二人でエレベーターを降り、そのまま街中を歩き出した。彼は近くにある店などを教えてくれる。会話の途中で、彼が二十六歳だと判明して驚かされた。てっきり年下かと思っていたのに、まさかの一つ年上だったとは。

「す、すみません……学生さんかと思ってました……」

私は素直に謝った。むしろ十代かもしれないとすら思っていたのだ。だが彼は気分を害した様子もなく笑い飛ばす。

「よく言われるからいいよ。童顔だし落ち着きないからさ。あ、ちなみに九条さんは二十七。本人は年齢忘れてるかもだけどね」

「ね、年齢忘れてるって……」

　隣を歩きながら、伊藤さんは困ったように肩をすくめた。

「あの人ほんと生活力ないっていうか、自分のことどうでもいいと思ってるっていうか。ああやって寝たら全然起きないし、言わないとお菓子ばかりで食事も忘れてるし、ちょっとヤバいんだよね」

「う、うわあ……」

「かなり変わってる人だけど、でも根はいい人なんだよ」

　そうフォローが入ったものの、いい人、というのは少し信じがたい。私の自殺を止めてくれたのは、果たしていい人だからなのか。そういえば、なぜ昨日の夜中にあんなところにいたのかとか、私をどこで知ったのかとか、聞き忘れてしまった。帰ったら聞いてみよう。

　私の気持ちは表情に表れていたのか、伊藤さんが笑う。

「あ、いい人っていう言葉に違和感覚えてるね？」

「す、すみません……会ったばかりで、変なところしか見てないから……」

「あはは、僕も最初そう思ってたよ。かなりマイペースな人だから無神経な言い方もするけど、あの人は悪い人じゃないよ」

「そう、なんですかね……」

「うん、そうそう。変な人だけど悪い人じゃない。イケメンの無駄遣いってくらい変な人だけど」

「ふふっ」

つい笑ってしまった瞬間、ふと、声を上げて笑うのはどれくらいぶりだろうと思った。ここ最近、泣いてばかりだったけれど、表情筋は意外とすんなり動いてくれた。もう固まっているかと思っていたのに。

「それで……黒島さんがどうしてうちに来ることになったか、聞いてもいいのかな？」

ポツリと言われて心臓が鳴る。そうだ、その説明は何一つ伊藤さんにしていなかった。それこそ、私が自殺をしようとしていたことも。もしかして九条さんは、私の気持ちを考えて話さないようにしてくれたのかな、と考えるも、違う可能性が高い。ただ伊藤さんに説明し忘れていただけかもしれない。

果たしてどう答えようか。迷って言葉を濁す。

「あの、私……」

「あ、言いたくなければいいよ。うん、まだ会って間もないんだしね。言いたくなったら言えばいいよ」

目を細めて笑う彼の笑顔に、ほっと息が漏れた。頬に出来る小さなえくぼが人柄を物語っている。癒し系、ってこういう人のことを言うのかなぁ。

……全て話すには、時間がかかる。

それにまだ、私は生きていくと心に決めたわけではない。何もかもを話してしまったとして、その後またあの屋上に行く羽目になったら、きっと伊藤さんが苦しむに違いない。まだ私には、話す勇気はない。

話題を変えて、質問をぶつけた。

「あの、お仕事ってどんな内容のものが来るんですか？」

「ああ、うちは怪しそうな事務所だけどさ、ちょくちょくいろんなの来るよ。家の中で変な音がするーとか、不幸が続いてーとか、よくあること。口コミとか紹介で来る人がほとんどかな」

「解決するんですか？」

「ああ見えて九条さんは優秀なんだよ。大体はちゃんと解決してる。ただ一つの案件に取り掛かると結構時間取られるから、一人では大変そうだったんだ。だから黒島さんが来てくれると助かるんじゃないかなぁ」

「た、助けられるんでしょうか……私、そんな形で彼らに関わることなかったし」

「なーんも見えない僕よりずっと役立つと思うよ！　視える人って大変だと思う」

「……あの、普通幽霊が視えるとか、信じないじゃないですか。九条さんとか私が言うこと、なんでそんなに信じてくれるんですか？」

今まで私の言うことを信じた人は誰もいなかった。母を除いて、あとは皆笑っていた。注目を集めたい痛い子ちゃんとして扱われるだけで、私にとっては非常に生きにくい世界だった。他に視える人に出会ったこともない。だから、私の発言が本当だと証明してくれる人はいなかったのだ。

嘘つきというレッテルを貼られ、今まで生きてきた。成長してからは視えると発言をしないように心がけてきたが、幼い頃の体験のせいか、人付き合いは苦手な方だった。

伊藤さんは大きく息を吸い込み、空を見上げた。今日はあいにくの曇り空だ。

「僕さ、元々うちの依頼人なわけ」

「そうなんですか⁉」

「当時色々不可解な現象に悩まされてて、知り合いに紹介されて九条さんに会ったんだけどね。最初はぶっちゃけ信じてなかったの、怪しい壺買わされるかなーって。でも真摯に僕の話を聞いて、かっこよく見事に解決してくれた時は痺れちゃって……」

「そうだったんですか……」

「依頼料にも痺れたんだけどね。なかなかのお値段でして」

切なそうに言った伊藤さんに、少し笑ってしまう。

「でもほんと、綺麗さっぱり解決出来たから安いもんだった。だから僕は身をもってその存在を感じたし、信じざるを得ないから。九条さんと黒島さんが言うこと信じてるよ」

伊藤さんは私の方を見て、目を細めて笑った。その無垢な笑顔に言葉が詰まる。信じてる、だなんて、そんなストレートに言われたのはいつぶりだろう。つい目頭が熱くなり、慌てて顔を背ける。幸いにも彼には気づかれていないようだった。隣で大きく伸びをしている。

九条という人は分からないことだらけだし、仕事内容には不安しかないけれど、あの時屋上から飛び降りるのを諦めた価値が、この一言にあると思った。もう少し早く伊藤さんみたいな人に出会えていたら、私もあんなに思い悩まなかったかもしれない。

「さて、あそこ曲がったら薬局あるよ。寄る？」

「あ、はい。お願いします」

「じゃあ行きましょう！」

人と並んで歩くことすら、私にとっては久しぶりだった。誰かが隣にいて歩くスピードを合わせることに、なんだか幸福感を覚えた。

伊藤さんと両手一杯の荷物を抱えて事務所に戻った時、ソファに腰掛ける九条さんと中年の男性が見えた。頭髪の薄い、中年太りのよく見かける雰囲気。九条さんはこちらを振り返り言う。

「おかえりなさい、依頼の話です」

伊藤さんが慌てて私の手から荷物をもらい受け、「ほら！」と促した。一瞬戸惑ったものの、とりあえず九条さんの隣に歩み寄り、男性に頭を下げた。

「黒島光といいます」

「これはまたお若い方が……可愛らしい女性ですが、大丈夫ですか？」

どこかトゲのある言葉が発せられた。見れば、中年の男性は疑り深い目で私を品定めするように見ていた。着ていたスーツはシワ一つなく高級そうなものだが、その価値が台無しになりそうな表情だ。

少し不愉快になるものの、確かに私はまだ研修生のようなものだし、事務所のスタッフは皆二十代の若者となれば、不安になるのも仕方ない気はする。伊藤さんに至ってはもっと若く見えるし。

どう答えようか迷っていると、低い声がした。

「ご不満でしたら、無理にうちに依頼をされなくていいですよ」

隣でそんな声が響いて驚く。九条さんはあの人形みたいな顔で依頼主をじっと見ていた。

「あ、いや、ここはよくしてくれると噂で聞きましたのでな……」

強気な発言が出てくるのは予想外だったのか、男性はしどろもどろになる。それを無視して、九条さんは私に「座ってください」と声を掛けた。お言葉に甘えて隣に座らせてもらう。正面から依頼主の顔を見るが、今のところ厄介なものは見えていない。人によってはヤバいものを背負っていたりすることもあるのだ。

男性は額（ひたい）に汗の玉を作り、それをポケットから出したハンカチで拭き取った。

「あー、改めまして、丹下輝也（たんげてるや）といいます。ここから車で二十分ほど行った病院の院長をしております」

丹下さんは名刺を取り出して差し出した。九条さんが長い指でそれを受け取る。ちらりと横から覗（のぞ）けば、なるほど、私も知っている大きな病院だった。

「存じ上げています。とても立派な病院ですよね」

私が言うと、丹下さんは分かりやすく顔を緩めた。あんな大きな病院の院長だとは、少し意外……って失礼なことを思ってしまう。九条さんは何も言わず興味なさげに名刺を机に置いた。彼は名刺を渡したりはしないらしい。

「で、相談内容は？」

「は、はあ……。院内にある、内科の病棟なのですが、その、一ヶ月前より不可解な現象が起こるとナースたちから次々相談を受けておりまして……」

歯切れの悪い言い方で丹下さんは言う。彼自身はあまりそれを信じていないと見た。

丁度その時、伊藤さんが運んできたコーヒーカップをテーブルに置く。丹下さんはミルクと砂糖を全て放り込み、それをすぐにゴクリと飲んだ。九条さんが先を促す。

「不可解、とは？」

「まあ、場所が場所ですからな。病院ってのは時折不思議なことが起こります。働くナースたちは慣れてますので、普段はちょっとやそっとのことじゃ驚かないんですがね。無人の部屋からナースコールが押されるとか、夜勤中に人影を見たとか、そういう王道なことも起こってるようで」

そのエピソードが王道なのか。驚かない看護師たち、メンタル強すぎじゃないだろうか。

「あとそれから、病棟近くのエレベーターのボタンが点かない、ナースステーションの電気が消える、プリンターやパソコンが壊れる……まではよかったのですが」

全然よくないと思うのだが、私の感覚がおかしいのか？　心の中で突っ込みが止まらない。看護師は強いとよく聞くが、想像以上の逞しさである。

「……鍵が、開かなくなるんです」

「鍵、ですか？」

九条さんは聞き返す。丹下さんは再びコーヒーを一口飲んで額の汗を拭く。

「何度修理しても鍵を作り直しても、鍵が開かなくなるのです」

「お部屋の鍵、ということですか？」

私もつい口を挟んでしまう。すると、丹下さんは首を横に振った。

「いえいえ、病室に鍵はついていませんから。ナースステーションで管理する鍵は主に二つありまして、一つが救急カート。患者の急変時にはそれを持ち出して処置します。中には重要な薬剤なども入っていますから鍵が必要です。あと一つは麻薬。患者の疼痛緩和のために麻薬を用いるのですが、これは基本鍵をかけて保管しています」

「そ、それが開かなくなるってことですか⁉」

それは患者の命に関わる、非常に重大な出来事ではないだろうか。唖然としている私をよそに丹下さんは頭を掻く。

「ええ、不具合も何もないのにです……それで困ってましてね。買い替えてみたものの、翌日には開かないと騒ぎになるんですよ」

「開かなかったらどうするんですか？」

「まあ、時間が経てばまた開くことがほとんどなので。救急カートは隣の病棟から借りたりしてやり過ごしているそうです」

　へらへらと他人事のように話す男に呆れた。そんな大変な事態なのに一ヶ月も放置していたなんて、もし手遅れになったらどうするつもりだったのだろう。不信感を覚えた私の隣で、九条さんは淡々と質問をぶつけた。

「ということは、その病棟のみなんですね、現象は」

「は、はい」

「他に対策は」

「あー、お札を貼ってみたそうですが、効果はまるで。あの、こちらは派手なお祓いとかはしないと伺いましたが……場所が場所だけに、いかにもお祓い的なことをされると患者様の不安を煽りますゆえ」

「ええ、そういった儀式はいたしません」

「よかったよかった。あと無論、怪奇現象が起こったなどと世間には漏らさぬよう、守秘義務は守ってもらえますかな」

「はい、それは」

「出来るだけ早く解決するようお願いします。無理なら無理と言ってくださいよ。こちらも他を当たらねばなりませんので。これは病院内の地図です。病棟はここに」

ほっとしたように息をつく丹下さんだが、すぐに顔を歪めてこちらを見た。

「……しかしお祓いもしないで、こんな若い人たちばかりで何をするんですか？　口では解決したと言って、現象が収まってなかったら料金は支払いませんからな」

節々にこちらを疑う言葉を投げかけてくる人だ。だが、一般的にはこれが正しいのかもしれない。しかし、どうしても私の心にはチクチクと棘が刺さっていく。仕方ないと分かっていても、心に傷を負ってしまう。

だが、九条さんは表情一つ変えず頷いた。

「少し準備をしてから伺いますいます。その間に、病棟の監視カメラの映像、不可解な体験をした看護師たちとも話せるよう手筈を整えておいてください」

「ええ、ええ」

「よろしくお願いします」

丹下さんは再度ハンカチで頭全体の汗を拭き取ると、立ち上がって頭を下げた。そして最後にもう一度念を押すように、私たちに言った。

「一刻も早く頼みますよ」


準備をしてから行くと言った割に、丹下さんが去った後九条さんがしたことといえば、パッキーを齧り水を飲んだぐらいだった。てっきり何か道具などを準備するのかと思い込んでいた私は、拍子抜けして隣に座る彼を見つめる。ポリポリとお菓子を食べる様子が、なんだか小動物に見えてきた。てか、どんだけそのお菓子好きなんだ。

「あの、九条さん」

「欲しいんですか、どうぞ」

「どうも……って違います。調査に行かないんですか？」

「今準備してますよ、伊藤さんが」

確かに伊藤さんは、先ほどからずっとパソコンに齧りつき忙しく働いている。彼が動いているのに、新入りの私がぼうっとしているわけにはいかない。

「私に出来ることはありますか？」

「あなたは現場でその力を貸してくれれば」

「いや、今、何かこう――」

「あ、一つありました」

「はい！」

「パッキーなくなるので持ってきてください。キッチンの戸棚にあります。次は抹茶味で」

「……」

伊藤さんがあんなに必死に準備しているのに、驚くほどのマイペース。だが仕方ない、彼は上司なのだ。私は渋々立ち上がってキッチンに入り、戸棚を開けた。するとそこには、ぎゅうぎゅうに詰められた、様々な味のあのお菓子が並んでいて眩暈がした。あの人、まさかこれが主食なのだろうか？

呆れつつも抹茶味を手に取り、彼のもとに戻る。差し出すと、すぐに封を開けてまた食べ出した。引いた目でそれを眺めていると、背後で伊藤さんの明るい声が聞こえた。

「とりあえず簡単な下調べです、どうぞ！」

「ありがとうございます」

伊藤さんが差し出したのは紙の束だった。九条さんはそれを受け取ってすぐに目を通す。私がやることもなくおろおろしていると、伊藤さんが口頭で説明してくれた。

「行く前にその場所の下調べをするんだ。例えば病院が建つ前はなんだったのかーとか、最近医療ミスがなかったかーとか、病院の経営状態とかね」

「へえ、それを伊藤さんが調べてくれていたんですね」

「そういう雑務は僕の仕事だからね。この後も色々これから調べて、随時九条さんに送り続けるよ。今のところ、特に大きな医療事故もないし、病院は患者数も多くて比較的人気なところだね。ま、隠してたら分かんないけど。看護師の人手不足は否めないけど、まあ今の時代どこもそうだからね」

九条さんは黙ってしばらく紙に目を通していた。私はじっと待っていたが、ふとコーヒーカップが目に留まる。丹下さんが飲んでいたものだ。片付けを手伝おうと、それを手に持つ。奥の小さな流し場で洗うぐらいなら私でも出来る。そう思って立ち上がった時だった。

「ではそろそろ」

「あっ！」

ほぼ同時に隣の九条さんも立ち上がり、見事に体がぶつかってしまった。丹下さんが飲んでいたコーヒーは中身が少し残っていて、彼の着ていた白いトレーナーに茶色の水玉模様を作ってしまう。ズボンにもしぶきが掛かってしまった。

「ご、ごめんなさい！」

だが彼は、ちらりと自分の服を見下ろしただけで、特に怒ることも不愉快な表情をすることもなかった。一ミリも表情を変えないまま、冷静に言う。

「いえ、私が立ち上がってぶつかってしまいました。黒島さん、掛かってませんか」

「は、はい、私は大丈夫です」

「量もほんの少しですし、冷めていたので火傷もしてないから平気です」

サラリとそう言ってくれたので、申し訳なく思うと同時に、優しいところもあるんだな、と心の中で呟く。しかしこのままではシミになってしまう。とりあえずすぐに洗わねばならない。そう提案しようとしたが――

「ではそろそろ行きましょうか」

「……えっ。現場にですか？」

「はい。また新たな情報があったら伊藤さんが送ってくれますから」

驚きのあまり九条さんを見つめる。コーヒーの水玉模様をつけたまま、彼は現場に行くつもりなのだろうか。

「もー九条さん。そのまま行くのはさすがにダメですよ！」

背後から、呆れたような伊藤さんの声が響く。九条さんは小さく首を傾けた。

「そうですか？　ほんの少しじゃないですか、これくらいならいいです。こういう柄の服だと思われますよ」

「思われませんよ！　ほら、前買っておいた服がありますから、着替えてきてください。ズボンもですよ？　そっちにも掛かってたの、見てましたからね」

伊藤さんに言われ、渋々といった様子でカーテンの向こうに消えていく彼を見て、私は信じられない気持ちでいっぱいだった。まさかそんなはずはない、と思ったのに、そのまさかだった。着替えがあるというのに、あのままで行くつもりだったのだ。髪型から身嗜みに無頓着そうだなと思ってはいたが、これほどとは。

伊藤さんが私に笑いながら言う。

「ごめんね、もう少し待ってあげて」

「そ、それはもちろんいいんですが」

「どうも自分自身には興味ない人っていうかさー。困ったよ、ほんと」

そういえば、伊藤さんが『九条さんは自分の年齢も忘れているかもしれない』って言っていたけれど、あながち冗談ではないのかもしれない。変わった人だなあと思ってはいたけれど、コーヒーのシミがついてても気にしないなんて。それとも、顔がいいと服装なんて気にしなくなるのだろうか。

そんなことを考えていると、ようやくカーテンが開き九条さんが出てくる。これでやっと出発か、と思いきや、私は出てきた彼を勢いよく二度見してしまった。なぜなら九条さんは、白い上着に白いパンツという、全身真っ白な姿で登場したからである。牛乳瓶かな？

お洒落上級者が着こなす組み合わせとは違い、上と下の白色はどこか合っていなくて浮いている。しかし当の本人は非常に満足げな顔で出発しようとしている。その後ろで伊藤さんが頭を抱えていた。

「では黒島さん、今度こそ」

「九条さん！　なんで上も下も白を選んだんですか！」

「はあ、一番上に置いてあったので」

「ちょっと来てください！」

伊藤さんに引きずられ、彼はまたカーテンの向こうへと消えていってしまった。自分だってセンスがいい人間とは言えないけれど、でもあの組み合わせはない。センスがないどころの騒ぎじゃない。

少し経って二人が出てくる。九条さんは結局、出会った時のような白いトレーナーと黒いズボンに落ち着いていた。疲れたとばかりにため息をつく伊藤さんに、彼の仕事にはこういうのも含まれているのだろうかと心配になった。

九条さんは黒いコートを手に取って私に呼びかける。

「行きましょう、黒島さん」

「あ、はい……」

「いってらっしゃい、頑張って！」

そう伊藤さんに言われてつい振り返る。伊藤さんは来ないのだろうか。てっきり三人で現場に行くのかと思っていたのだが。すると、彼はニコリとあのえくぼを浮かべて言った。

「僕は他の来客があれば対応しなきゃだし、基本はここで留守番だから」

「あ、そう、ですよね……」

「いってらっしゃい！」

正直なところ、伊藤さんの明るい人柄に助けられていた私は、突然不安に襲われた。九条さんは口数も少ないし何を考えているか分からないし、あまり一緒にいて居心地がいい人とは言えないからだ。心が挫けそうになるも、ぐっと気を引き締めた。ここで働くと言ったのは自分だ、めそめそしている暇はない。

私も鞄とコートを手に持つと、すでに事務所を出てしまっていた九条さんを追いかけた。背中に伊藤さんの「頑張れ！」の声を聞きつつ、そのまま九条さんについていくと、辿（たど）り着いたのは駐車場だった。地下にある駐車場には車が所狭しと停まっている。ここのビルで働く人たちのものだろう。

　スタスタと歩く黒いコートと少し距離を保ちながら歩み進めれば、彼が一台の車に触れた。

「乗ってください」

　そう言って、九条さんがまず運転席に乗り込んだ。私はごくりと唾を呑み込んだ。ああ、そうだろうとは思っていたけれど、運転するんだ。彼が運転する姿は、なぜか想像がつかない。

　それともう一つ驚いたのは、その車はそこそこメジャーな高級車だったのだ。顔だけで言えば九条さんに似合っているけど、お菓子ばかり食べている姿を見ていたからか、違和感を覚えてしまう。同時に、この車が買えるくらいあの事務所は儲かっているのか、という驚きもあった。

　私は複雑な思いを抱きながら後部座席に乗り込んだ。助手席に座る勇気は持ち合わせていない。心地のいいシートに座り込み、シートベルトをしっかり締める。

「九条さん、運転されるんですね。なんか意外です」

「それよく言われます」

そう言うと彼はエンジンをかけて、スムーズに車を発車させた。

後部座席からハンドルを握る九条さんを見て、不覚にも少しだけときめいた。この人顔だけ見れば綺麗だもんなぁ、髪は寝癖ついてるけど。一人でそう思いながら、ふうと息をついてシートに背をもたれかけた。窓の外を眺める私に雑談を振ってきたのは向こうだった。

「黒島さんは生まれつきですか」

「え？　あ、はい……物心ついた時から」

「なるほど。では分かってるかと思いますが、彼らとは基本目を合わせないのが正しい対応です。目が合えば寄ってきますからね」

「はい……九条さんも、生まれつきですか？」

「ええ」

「初めて会いました。同じ力を持った人……」

変わった人だけど、同じものが視えるというだけでこんなにも安心する。例えばテレビに出ている能力者などは、私が視る限り嘘っぱちが多かったからだ。少なくとも、九条さんは嘘をついていないことだけは確かなのだ。

「今から行った先で気になることは、なんでも私に言ってください。無理はしないで。

初めての現場ですから、あまり気負うことはありません」

ハンドルを慣れた手つきで回しながらそう話す姿を見て、少し心が軽くなった。これは間違いなく、私は励まされてる。マイペースなこの人は、人をフォローするような発言はしないと思っていたから意外だ。

「……ありがとうございます」

小さく呟き視線を上げれば、ミラー越しに九条さんと目が合った。やはり、ガラスのような綺麗な瞳だ。思わず顔を背（そむ）ける。九条さんは気にせず続けた。

「病院という場所のイメージはどうですか？」

「確かにいろんなものを見かけますが、攻撃的なものはあまり視たことない気がします」

「その通りです。病院でウロウロしているようなものたちは、自分が死んだことに気づいておらず、戸惑ったままそこに滞在しているのが多い。病死ならば死の覚悟が出来ている者がほとんどですし、強い恨みを持って攻撃するようなものは意外と少ない。生きている者に攻撃するものには、かなり強い力と思いがあるはずですからね。今回の場合、ある病棟のみの発生で、更に一ヶ月前からと限定的です。その病棟で何かあったか、それとも勤務するスタッフにどこからか憑いてきたのか……」

「時々肩にエゲツないものぶら下げてる人いますよね」

「私はシルエットしか見えませんから、エゲツなさが分かりませんがね」

「ああそっか。そういう視え方があることも初めて知りました」

私は素直に感心した。そういえば彼はシルエットで視えると言っていた。その代わり会話が成立することもあるそうなので、私とは少し能力が違うのだ。

それにしても、九条さんと二人きりだと聞いて焦っていたが、案外話せば普通に会話出来ている。伊藤さんほどの話しやすさはないけど、思った以上に会話が成り立つことに、少し安心している自分がいた。長い沈黙を覚悟していたのだ。

「普段は精密機器を用いて撮影するんですが、病院となれば無理ですね」

「撮影、ですか?」

「彼らは映像に映りやすいんですよ。高性能なものを使うと特に。二十四時間見張るわけにもいかないので、カメラを設置して起こる現象を観察することが多くあります」

へえ、と自分の口から声が漏れた。

「結構現代的な感じなんですね……私、テレビで見るようなお祓いしかイメージがありませんでした」

「あとは相性ですね。黒島さんもそうだと思いますが、存在するもの全てが視えるわけではないですから。相性がいいものは、特に向こうも積極的に訴えたりするはずです」

「へ、へぇ……生きてる者とそうでないものにも相性があるんですか……」

「私はどちらかというと、男性より女性の声の方がよく聞こえる気がします」

サラリと言ったのを聞いて、私はつい反射的に言った。

「え、それって、霊にもイケメンは好かれるってことですか？」

「イケメン？」

「えっ？」

「イケメンですか？」

「はあ」

「私がですか？」

「は、はあ」

「そうですか……ありがとうございます」

気の抜けた返事に、ずっこけそうになった。もしやあまり自覚がないのだろうか。まさかこのレベルで？　驚く私をよそに、本人はどこか不思議そうに頬を掻いた。私はなおも言う。

「やっぱりどうせ近寄るなら、かっこいい人の方がいいって彼女らも思うんでしょうか」

「考えたこともありませんでした」

「え、ないんですか……だって九条さんモテるでしょう?」

「モテると思いますか」

「あ、えっと、うーんと」

「急に口籠るんですね」

上手く誤魔化せなかった自分を嘆いた。だって、顔だけ見てそう聞いてみたけれど、思えばこの人、笑いもしないしマイペースすぎだしパッキー大好き星人だし、ちょっとモテるタイプとは違うかもと思ってしまったのだ。それでも、なんとか必死に笑顔を作って言ってみた。

「最初はモテると思いますよ」

「全然フォローになってません」

キッパリと言われてしまった。嘘がつけない自分を心の中で叱る。でも九条さんは気分を害した様子もなく、むしろ感心したように言った。

「しかしその通りです。女性が近寄ってきたとしても、すぐに散っていきます。よく分かりましたね、なぜなんでしょうか」

彼のそんな発言を聞いて、私は無言になる。今までの彼の言動が脳裏に蘇った。ここにきて、ようやく九条さんという人が少し分かってきた気がする。

この人天然だ。最高に天然な人なんだ。

多分気遣いとかも全然出来なくて、自分のことにすら疎くて、悪気も何もない、ある意味とても素直な人。自覚がないのだ、イケメンであることも、自分が変わっているということも。

「あー……パッキー食べすぎなんじゃないですかね……」

「そうですか。女性はパッキー食べすぎは敬遠するんですね。では仕方ありませんね。私何よりパッキーが好きなので、あれだけは外せません」

そう彼は断言して一人納得した。私はそれ以上何も言わなかった。

着いた場所は大きな建物の前だった。

ほんの数年前に建て替えたばかりだというその病院は、新しく綺麗で、多くの人が行き交っている。正面玄関の前にはタクシーが並び、車の乗り降りのため、何台も一時停止しては去っていく。これは患者数も随分多そうだ。

私たちは車を駐車場に停めて降り、まず正面玄関へと入っていった。中は老若男女でごった返している。歩を進めると、総合案内に立つ受付の女性がにこやかに挨拶(あいさつ)をしてくれた。九条さんはそれに特に反応せず歩き、ある柱の前でピタリと足を止めた。そしてぐるりと辺りを見渡す。私も釣られて見てみた。

「黒島さん、今いくつ視えますか」

尋ねられた言葉に、どきりとして視線を落とした。一度小さく深呼吸をして気持ちを落ち着かせる。そして不自然にならないよう注意しながら、再び辺りを見渡した。

人混みの中では、彼らは生きてる人間に混じって判別しにくかったりする。時折間違えてしまうこともあるのだ。私はあえて視線を合わせないようにして、周囲を見ていく。

「……三です」

そう呟いて、私は意味もなく近くの案内板を見つめた。

「どこですか」

「えっと、右側のソファ、エレベーター前、あと玄関前に」

「なるほど」

私はちらりと、一番近くにいるソファを見た。

老婆だった。ぱっと見は他の人と混じってしまいそうな自然な様子。グレーの長い髪を一つ縛りにし、猫背でソファに腰掛けている。シワの濃い目元や口元からどこか悲愴感漂う表情で、何をするわけでもなく、ぼんやりと周囲を見つめていた。

ただその格好は、薄い肌着一枚に裸足というもので、その異質さがこの世のものではないと確信させた。油断したら生きている人間と勘違いしてしまいそうだ。だが、その存在はどことなく周りと色が違う。上手く言えないが、自分の中ではそういう感覚なのだ。

「えっと、九条さんは……」

「八ですかね」

「八ですか⁉」

「まあ、私はぼんやりシルエットなので。有害なのはいないようですね。では問題の病棟に行きますか」

そう抑揚もなく話すと、彼は私の返事も聞かずに、すぐそこにあるエレベーターのボタンを押した。周りに人が多いため、私は小声で話しかける。

「九条さんの方がたくさん視えてるんですね……」

「言ったでしょう、相性ですよ。あとは強い力を持ったものはやはり、比較的認識しやすいですよね。屋上であなたと見た飛び降りるやつとか」

「そんな大きな声で言わないでください！」

まるで声のボリュームを抑える気がない彼を、慌てて小声で諌める。周りの人がなんの話かと驚くではないか。だが彼は何も気にしてないようで「ああ、すみません」と形だけの謝罪をしてくる。絶対思ってないだろうな、と感じる言い方だ。

丁度その時、エレベーターが到着したので乗り込む。聞いていた病棟は八階だったので、ボタンを押して沈黙を守る。たくさんの人が更に乗り込み、その箱は満員になり上昇した。ほとんどの階で停止しつつ、ようやく八階に辿り着くという時、私は急に思い出してしまった。自分は今から怪奇現象を起こすような霊と会うということを。

九条さんの変人さに釣られてのほほんとしていた気がする。これまでの人生、彼らとはあまり関わらないよう生きてきたのに、自ら会いに行くなんて。小さく深呼吸をした。もし何か起きたらどうするのだろう。九条さんは祓うとか出来ないって言っていたけれど……

マイナスなことを考え緊張してしまうが、なんとか抑え込む。戸惑っているのを九条さんに勘付かれたくないと思った。仕事をしに来たのだから、嘘でも堂々としていなければならない。

到着を示す高い音と共に、私たちはエレベーターを降りる。そして鋭い視線で例の病棟を見つめた。ぎょろぎょろと目玉を動かしながら観察するも、すぐに気が抜ける。なぜなら、意外にも目の前にあるのは極々普通のナースステーションだったからだ。てっきり、早々に怖い霊と遭遇するかと思っていた。

薬品のような匂いに、心電図モニターらしき規則音。少ししてピンポーンと音が鳴り響いた。あれがナースコールの音だろうか。白衣を着た女性たちが、点滴の準備などで忙しそうにしていた。

「……なんか普通ですね」

私は小声で言う。九条さんは想定内、とばかりに頷いた。

「厄介な霊たちは、私たちのような新参者が来ると、初めは様子を窺うように大人しくなることが多いです。覚えておいてください」

「そ、そうなんですか」

「慣れた頃に現れますよ。とりあえず行きますか」

コートのポケットに手を突っ込んだまま、九条さんはナースステーションに近付いた。中にいた一人のナースがこちらを見て、一瞬見惚れるように九条さんを見つめる。

「初めまして、丹下様より話があったかと思いますが、九条です」

「あ、あら〜！　随分とお若くて、なんか、それっぽくない方がいらしたのねー」

意外そうに笑うナースさんは、年は四十くらいだろうか。パソコンを少しだけ操作すると、こちらに歩み寄ってきた。そして私には目もくれず、チラチラと九条さんを見上げては微笑んだ。気持ちは分かるが、見た目で完全に騙されている。彼の中身を教えてあげたい。

「副主任の田中といいます。よろしくお願いします」

ハキハキと話す様子はまさに看護師、という感じだ。前髪を全て上げているため顔がはっきり見える。白衣はパンツスタイルで、ポケットには何やら物がたくさん詰まってパンパンだった。九条さんは愛想笑いもせず話す。

「こちらは黒島です」

「よろしくお願いします」

「早速ですが、丹下さんに伝えていた通り、監視カメラ映像の確認と、それから現場の方から話を伺いたいのですが」

「ああ、はいはい、こちらへどうぞ。一室空き部屋を用意しましたので」

田中さんはそう言いながら、私たちを促すように歩き出したのでついていく。途中で辺りを見渡すが、私が認識出来たのは一体、無害そうな霊のみだった。ただ立っているだけで、攻撃的な感じはまるでなし。辺りを観察していたらしい九条さんも私と同じ感覚らしく、一人頷いている。

「ここを使ってください、中に監視カメラの映像があります。この映像は病棟管理者しか見ないので、私たちも見たことないんですよ」

案内された部屋の入り口には『カンファレンスルーム』と書かれていた。いわゆる会議室だろうか。長テーブルが向かい合わせで並び、パイプ椅子がいくつか置かれている。机の上にはテレビ一台と、何本かテープがあった。田中さんは腕を組んで考えるように言う。

「思い出せる限り、変なことがあった時刻の映像を用意しました」

九条さんは並んだテープを手に取る。

「人影が見えるとか、鍵が開かない、でしたっけ」

「ええ、そう。人影はねー別にいいけど、鍵は困るんですよね。私もそれは初めての経験で、今回は大事になっちゃって」

人影もよくはないだろうと思うのだが、看護師はメンタルが強すぎる。だが九条さんは特に何も思わないようで、話を続ける。

「ちなみに、一ヶ月前からと丹下さんからは伺ってますが」

「あ、そうですね。他のスタッフにも聞いてみたけど、やっぱりそれくらいから始まってる気がするって」

「では、一ヶ月前にこの病棟で亡くなられた患者をリストアップしておいてください」

九条さんの台詞（せりふ）に、今まで豪快な話し方をしていた田中さんの表情が一瞬固まった。

「……それは、うちで亡くなられた患者さんがここに取り憑いてるってことですか？」

「そういう可能性もある、ということです」

「そうですか」

彼女はふうとため息をつく。私もそこでつい口を挟んだ。

「何か心当たりでもあるんですか？」

「うーん正直言いますとね、ないとは言えないんですよ。こういう仕事ってそんなもんなので。中には死にたくないって言いながら亡くなる若い人だっているし、突然亡くなられる人も無念だろうなって思うし……」

「……大変なお仕事ですね」

心の底からそう言った。元々医療関係者は尊敬していたが、いざ直接話を聞いてみると痛感する。私にはきっとやり通せない。まず人が目の前で死に向かう様子を見届けなくてはいけないいなんて耐えられないし、命を預かる行為を行うなんて、メンタルが強くないとやっていけない。そう思えば、人影が見えるぐらいの怪奇はなんてことないという発言も納得がいく。

「それが仕事ですから。分かりました。ちょっと調べておきますね！」

田中さんはそう言って笑うと、すぐに部屋から出ていった。それを見送って振り返ると、九条さんが椅子に座り、早速一本のテープを再生するところだった。私も背後から画面を覗き込む。

「あの、何を見るんですか？　やっぱり怪奇現象が起こる時は、その正体が映ってるものですか？」

「まあそれもありえますが、今回の場合、まず初めに鍵が開かないという現象が本当に霊によるものかを証明しなくては」

九条さんは慣れた手つきで再生ボタンを押す。その指が長くて綺麗だな、なんて思ってしまった。彼は作業を続ける。

「鍵が保管されているナースステーションには、看護師や医師、薬剤師、研修医、補助業務を行う者など多くの人が出入りします。誰かが人為的にやった可能性もなくはないでしょう？」

「た、確かに……」

「まあ、あまりに人の出入りが多すぎるので、人間の仕業では無理だとは思いますがね。一応確認しなくては」

事務所にいる時は、お菓子をだらしない格好で食べているだけだった九条さんだが、今はスラスラと私に分かりやすく説明してくれて、まるで別人のようだ。確かにそうだ。鍵が開かない、なんてむしろ霊より人間の仕業っぽいではないか。

この人、ボーッとしているようで仕事はちゃんとするんだなあと感心する。すると、画面を見ていた九条さんが「あ」と小さく声を漏らした。

「ど、どうしました、何か映ってますか⁉」

「パッキー買ってくるの忘れました。黒島さんあとで買ってきてもらえますか」

予想外の言葉が返ってきたので絶句した。見直した途端これだ。というか、まだ食べるつもりだったのか、あのお菓子。

九条さんは映像を早送りしたりスローにしたりして手早く確認する。私も隣で必死に見つめるが、正直映像はそんなに精度がよくないし、ナースステーション全体を遠目から映しているのでよく分からない。流れる映像をただひたすら見ているだけで、新たな発見は何もない。私が眉を顰(ひそ)めている横で、九条さんは次々テープをチェックしていく。

どうやらナースステーションの出入り口にある、赤い引き出しのようなものが救急カートらしい。看護師が廊下から走ってきた後、ナースステーションにいた看護師も鍵を持ってカートを開けようとするが、すぐに焦ったように何かを叫ぶ。結局、映像の端からもう一台のカートを押してくる看護師の姿が見えた。隣の病棟から借りたのだろう。

そしてもう一つの鍵は、麻薬を保管している保管庫のものだ。麻薬の取り扱いはさすが別格である。

ある映像では、看護師が鍵を開けようとするが首を傾げ、続いて何人もの人が開けようと悪戦苦闘している様子が映っていた。数分したところで、到着した医師が試したところ、あっさり開いた、という感じだった。どうやらこの映像は毎日起こっているわけではなさそうだ。時折忘れた頃、鍵が開かないと騒ぎになる。

「なるほど」

九条さんの呟きに、私は目を見開いた。今までの映像を見て、なるほどと思うようなものは何もなかったのに。

「え、何か分かりました?」

「人為的なものはやはり考えにくいですね」

「私は正直、全然判断つかなかったんですけど」

起きている現象を理解するのに必死で、その原因などまるで想像がつかない。すると、九条さんは映像を指さした。

「カートにしろ保管庫にしろ、私が注目していたのは最後に誰が使ったか、です」

「はあ」

「鍵も掛かっているし、これだけ目立つ場所にあっては、用もないのに触って細工するのは無理でしょう。つまりは、開かなくなる前に、誰が最後に使ったか」

「ああ、毎回同じ人が使った後に開かなくなれば怪しいですね」

「そうです。しかし見た限り、バラバラです。何人もの看護師が使った直後、開かなくなっている」

私は彼が指さしている画面に目を凝らす。そもそもこの粗い画質で、同じナース服、同じような髪型をしている看護師の見分けがつくことが凄い。

「私、どの看護師さんも同じに見えるんですけど」

「あなた意外と観察力ないんですね」

あまりにストレートに言われたので、不快に思うよりまず驚いてしまった。少し時間差があって、イラッとした感情が生まれる。ついそれを露わにした顔を九条さんに向けたが、気づいていないのか、何も反応せずテレビの電源を消した。そして考えるように顎に手を置いて言う。

「ともすれば、やはり怪奇現象か。まあ病棟の看護師みんなが共犯でやっていれば可能ですけど、そんなことをするメリットありませんからね。あとは何かしら細工がないか実物を確認しなくては」

そう独り言のように言った九条さんは、思い出したように私に尋ねた。

「今までの映像で視えたものはありましたか？」

「あ、いえ……トラブルが起こってる時周りもよく見てみましたけど、何も映ってなかったかと……」

「同じ意見です。では次に現物を見せてもらいましょうか」

彼は立ち上がり、スタスタと部屋から出ていく。慌ててそれを追いながら、自分の心がずんと落ちているのを感じた。

さっきは反射的にむっとしてしまったけれど、九条さんの言う通りだ。私は観察力もないし、今のところ何か視えたわけでもないし、全然役に立てる気がしない。九条さんは一人で淡々と仕事を進めていて、私は金魚のフンのように彼を追いかけているだけだ。

……やっぱりこの仕事、引き受けるべきじゃなかったのかも。

田中さんに許可を得て、ナースステーションへ足を踏み入れた。こんなところに入る機会はそうそうないので緊張する。九条さんは保管庫とカートをくまなくチェックした。

すると、近くにいた看護師さんが私たちに気づき近寄ってくる。ふとその人の顔を見て、凄い美人であることに気がついた。すらりとして身長も高く、小顔で目鼻立ちがくっきりしたモデル並みの女性。看護師で美人って、なんか無敵な感じがするのは自分だけだろうか。九条さんの隣に並べばとても絵になる。

名札を見ると、名取(なとり)さん、という看護師さんで、彼女はニコニコしながら、私たちを怪しむこともなく作業に付き合ってくれた。九条さんは、名取さんの顔すら視界に入ってないようにカートを見つめている。

名取さんは手にしている小さな銀色の鍵を私たちに示す。

「鍵はこちらです」

「開けてみてもらえますか」

名取さんがやってみると、それはあっさりと開かれた。名取さんは肩をすくめた。

「こんなことが続いてるから、二回も買い替えたんです」

九条さんは唇を遊ばすように摘んでは考える。形のいい唇が柔らかく揺れた。

「私がやってみてもいいですか」

「あ、はい。看護師が立ち会うなら」

九条さんはカートの鍵を受け取りジロジロと眺める。それを差し込み回転させれば、やはりカチリと音がして鍵が開く。

「保管庫の方も」

「あ、はい……あちらは麻薬を保管しているので、あまり何度も開け閉めはしたくないんですが、一度なら」

名取さんが麻薬の保管庫へ移動する。九条さんに鍵を手渡すと、彼はゆっくりそれを差し込んだ。カチリ、と音がし、やはり抵抗なく開く。名取さんに鍵を返しつつ彼は言う。

「今のところなんの問題もありませんね」

「ですね。使おうとする時に限ってなるんですよ」

「ちなみに、鍵以外で気になる体験などはありますか」

「えっと、私はエレベーターのボタンを押しても動かないことくらいですかね。エレベーターの不具合かもしれませんが」

「他の方が経験したことも何か聞いていませんか」

「あ、何かが通ったとか聞くのは、八一〇号室の近くが多いみたいですよ。ちなみに他の患者さんも言ってました。なんとか誤魔化してますけど、もう噂になってるかもしれませんね」

「八一〇、ですか……」

名取さんは考え込む九条さんを横目に、私に小声で質問した。

「どうですか、原因分かります？」

「あ、えっと、まだ色々見てる段階なので」

「そっかあ。こんなこと病棟でも初めてだから珍しくて。でもどんな人が来るんだろうって思ってたら、こんなかっこいい人だから驚きました」

彼女は微笑みながら、九条さんに熱い視線を送っている。彼のビジュアルだけ見れば、それは当然の態度だ。九条さんって、いつも仕事中こんな風に注目されているんだろうな。

名取さんは更に私に小声で尋ねる。

「指輪はないから結婚はしてないですよね？　彼女とかいるんですか」

「え？　さ、さあ……プライベートなことは分からなくて」

結婚や彼女のことなんて、私が知るはずがない。彼の名前すら今朝知ったばかりなのだ。だが、自分は事務所に入ったばかりなんです、と言うのはよくない気がしたので、当たり障りのないように答えておく。

　名取さんはふうん、と呟くと、そっと九条さんとの距離を詰めた。私はなんとなく、二人から数歩離れる。見れば見るほどお似合いの二人だ。名取さんは九条さんをじっと上目遣いで見つめる。九条さんはといえば、彼女の様子に気づいていないのか保管庫に夢中である。

「九条さんってー、何歳ですか？」

「二十七です」

「わ、近い！　今日お仕事は何時頃終わるんですか？　時間あったら、お食事でもどうですか。お仕事の話とか聞いてみたいです」

　なんと、堂々と誘われている。私は邪魔者の自覚があり、なるべく二人から視線を逸らして空気と化した。あんな美人に誘われれば、九条さんも嬉しいだろうな。

　だが彼は、声を弾ませることなく答えた。

「いえ、何時に終わるか分かりませんから」

「そうなんです？　じゃあ今度お暇な時にでも」

「いつ暇になるのか分からないので。保管庫見せて頂いてありがとうございました。
黒島さん？　そんなに離れてどうしたんですか」
　サラリと誘いを断り、彼は私に声を掛けた。思わず体が跳ねてしまう。名取さんを
見ると、残念そうに口をへの字にしている。なぜ私が気まずく思わなければならない
のだろう。
「黒島さん、少し外を見ましょう」
　九条さんはそう言うと、すぐにナースステーションを出て、病室へ続く廊下に行っ
てしまう。私は慌てながらも名取さんにお礼を言った。彼女はにこりと笑って応えて
くれたので、少し安心する。
　九条さんを追ってナースステーションを出てみると、長い廊下の両側に部屋が連
なっている。どこか廊下が暗く感じるのは、真ん中辺りの蛍光灯が切れているせいだ
ろうか。病衣を纏った入院患者が、ゆっくりとした歩調でトイレに入っていく。看護
師さんが廊下で何やらメモを書いている。私がイメージする病院の光景そのものだ。
　ようやく、立ち止まったまま廊下を眺める九条さんの隣に並んだ。
「あの、よかったんですか？　食事に誘われていましたけど……」
　私がいる手前、受けにくかったんだろうかと思いつつ、恐る恐る聞いてみる。だが

彼は平然として答えた。

「ええ、親しくない人と食事するのは苦手です。あ、すみません、黒島さんは行きたかったですか？」

そう聞かれて、きょとんとしてしまった。言葉の意味が分からず、一瞬無言になる。

「え？　私ですか？」

「医療関係者の話を聞いてみたい、などあったのかと」

そこまで言われて初めて分かった。彼は、名取さんが三人で食事に行こうと誘ってきたと思っていたのだ。そんなわけないだろう、あれはどう見ても九条さんへのお誘いだ。あの熱い視線に気がついていなかったというのか。

私は気まずい声を出した。

「あれは……九条さんと二人きり、という意味だったかと……」

「そうなんですか？　なら、なおさら断って正解でした」

まるで興味なさそうに言う九条さん。なるほど、ここに来る前、モテるモテないの話をしたが、本人がこの様子ではモテてる自覚などあるわけがない。よほどストレートに誘わなければ、思いに気づいてすらもらえなそうだ。これ以上の会話は不毛だと思い、私はもう何も言わなかった。

少し歩みを進めれば、廊下に足音が響く。ただその廊下には、霊の姿は一つも視えなかった。

「ここが八一〇号室ですね。黒島さん、何か視えます？」

九条さんが足を止めて左側を見た。確かに部屋番号は八一〇と書いてある。今は誰も入院していないのか、扉は開きっぱなしになっていた。個室のようで、一台だけベッドがぽつんと置いてある。他は小さなテレビにテーブル、大きな窓と、よくある病室の風景だ。

「……いえ、私は。九条さんは？」

「あいにく私も何一つ視えません。警戒されているみたいですね。感じるものすらない。まあ仕方ないです、実際鍵が開かなくなる現場を見たいので待機しましょう。看護師さんにそう提案してきます」

「え……現象が起こるまで待つ、っていうことですか？」

「そうなりますね」

「ちょ、長期戦……！」

「ええ、調査は泊まり込みがほとんどですから」

その言葉を聞いて、私は勢いよく隣を振り向く。泊まり込み、と今言っただろうか。

「聞いてません……！」

「言ってませんでしたか」

「言ってないです。着替えとかどうするんですか？　九条さんは今朝着替えたからまだいいかもしれないけど……知ってたら持ってきたのに」

「別に二、三日くらい着替えなくても死にませんよ」

信じられない、という目で見上げると、九条さんは何が問題か分からない、というように私の顔を覗（のぞ）き込んでいる。伊藤さんが言っていた言葉を引用させてもらおう。こんなにイケメンの無駄遣いしてる人初めて見た。

「まあ、気になるなら伊藤さんに届けてもらってください」

「む、無理ですよ、そんなの」

「なぜですか。別に伊藤さんは気にせず持ってきてくれると思いますよ」

何を言っているんだこの人は！　着替えとは当然下着などもあるわけで、伊藤さんに持ってきてもらえるわけがない。そんなことも分からないのだろうか。本当に気を遣うということが壊滅的に出来ないようだ。私はもう怒る気力もなくして肩を落とした。

「……いいです。なるべく早く解決することを祈っておきます」

「それはいいことですね。さて、ナースステーションに戻りましょうか」

九条さんは踵を返してスタスタと戻っていった。その後ろ姿を睨み付けて、もう何度目か分からない後悔の念を抱く。

……あのまま、屋上から飛び降りてた方がよかったのかな。

誰もいない場所で、誰にも知られず死ぬはずだった。もうこんな世の中に嫌気がさしていた。母が待つ場所へ行くはずだったのに、同じように視える人と出会えたことに感激してついてきてしまった。あまりに自分は単純だったな、と思い返す。

そこまで考えて、つい苦笑した。視線を下に落とし、白色の床を見つめる。

私はいつでも中途半端なんだ。視えない者として生きていくことも出来ず、視える者として生きていくことも出来ず、死ぬことすら途中で放棄してしまった。進むことも戻ることも出来ず、ただ立ち往生しているだけ。いつだって後悔して、怯えて一人困っている。なぜもっと上手く立ち回れないのだろう。

全ては自分が不器用すぎるせいなのだ。

ふと視線を上げてみると、だいぶ小さくなっていた九条さんの背中が止まっているのが見えた。その背はピクリとも動かず、白い床、白い壁が続く廊下に溶け込んでしまいそうだと錯覚する。彼の無造作な黒髪が風に靡いて揺れる。ふわりとしたそれを見て、意外と柔らかそうな髪質だな、なんて思った。その頭が、僅かにだがピクリと動く。そして、ほんの少し揺れた。

いや、それが揺れているわけではなく、壊れた人形のようにこちらを振り返ろうと動いているのだと気づくのに、しばらく時間を要した。

あ、と思った瞬間、全身からどっと汗が噴き出す。毛穴が一斉に開いたように暑くなった。痛いほどに心臓がバクバクと鳴る。それは自分の体が鳴らしている警告の音だった。

九条さんじゃ、ない。

頭をカクカクと小刻みに揺らしながら、『それ』はこちらを振り向こうとする。再び風が吹いたように髪が靡くが、そもそもそれがおかしいと気づく。ここは室内、それに私のところへは風はやってきていない。

人の声が聞こえない。音も聞こえない。いつの間にこんな無音の世界になっていたのだろうか。逃げ出したいのに、叫び出したいのに体はまるで動かなかった。ちゃんと見ていなさい、と言うように、全身を誰かが押さえつけているような感覚だ。視線を外すことが出来ないまま、『それ』の耳が見えたところで、いよいよ私の限界が近づいた。

こっちを見るな、振り返るな。

動け、離せ、私の体。

額に浮き上がった汗が頬をつたう不快感。絞り出した声は空気となって口から僅かに漏れたのみ。

『それ』は肩から下はぴくりとも動かず、ただ頭だけが動いている。人形のようだ、と冷静にも感じた。

「……あ」

頬が見える。それは深い皺が刻まれた老人の頬だった。当然ながらやっぱり九条さんじゃない。くっきりとした皺が少し動いたように見えた。脳内で自分が自分に必死に呼びかける。見るな。決して目を見てはいけない。それでも、瞼を閉じることすら出来ない。『それ』の首が不自然なほど曲がり、肉がねじれているのが分かる。

「……やめ……」

僅かに鼻も見えてくる。九条さんの高い鼻とは違った、団子鼻だ。口元は、卑しく笑っているようだった。

「……っめて……!」

そして、『それ』の目が、こちらを見——

「黒島光‼」

はっとして目を開けた。突如視界に入ってきたのは、険しい表情をして私を覗き込む男性の顔だった。

「……あれ……？」

今度は間違いなく九条さんだった。彼が横になった私を抱きかかえて名前を呼んだのだと理解する。周りの音は正常に戻っていた。誰かの話し声や遠くに聞こえる心電図モニター音も、私の耳に届いている。普段は無表情な彼が、今は珍しく顔を歪めていた。

九条さんは私が目を覚ましたことにふうと息をついた。安堵したように一旦表情を緩めるが、すぐにまた険しいものになる。

「振り返ったらあなたが目を開けたまま倒れ込んだので、驚きました。青ざめて唇は震えていますし、何より小さくやめて、と繰り返していました。……何かに入られましたね」

「……入られた？」

「何かネガティブなことでも考えていたのでは？　霊と波長が合うとこうして入られ

てしまいますよ。今までも経験ありますか？」
「……そういえば、何度か」
「危険ですね。よく今まで無事に生きてきましたね……あなた、視えるだけではなく入られやすいんですか」

今までも、こうして意識が飛んだようになることはあった。同時に現実ではありえない光景を見ることも。どれも必死に足掻（あが）けば現実に戻ってこれたけれど、あれは危険なことだったのか。誰かに相談出来る内容でもなかったので、それほど危険なことだとは知らずに生きてきてしまったのだ。

九条さんが私の上半身を起こしてくれたところで、彼に抱きかかえられていたことを思い出しはっとする。慌ててそこから離れた。

「す、すみません……！」
「いえ、別にいいですが、まだ顔色が優れませんよ。車椅子でも借りましょうか」
「だ、大丈夫です！」

私は膝に力を入れてそのまま立ち上がる。ふらつきもなくしっかり立つことが出来た。額（ひたい）に汗をかいていたので、手のひらでそれを拭き取る。べっとりとした生温（なまぬる）い汗が、あの時の恐怖を思い出させた。落ち着くためにゆっくり深呼吸を繰り返し、先ほど見た光景を頭に浮かべてみる。

振り返りそうだったあの老人。目は見なかったけれど、どこか恨みを感じるオーラを出していたような……

「あの、大丈夫ですか～？」

背後から声がして振り返れば、名取さんが立っていた。キョトンとしながら私を見ている。病院で倒れるなんて、とんでもないことをしてしまったものだ。私は慌てて答える。

「あ、すみません、えっと、転んじゃって！」

「そうなんですか？　なんか大きな声が聞こえたから……体調悪かったらベッド貸しますから言ってくださいね？」

「ありがとうございます」

名取さんはニコリと笑って去っていった。やっぱりプロは異変に気づきやすいんだなぁとありがたく思った。だが正直、この病棟のベッドで寝るなんて絶対に嫌だ。どこに何がいるか分からない中で睡眠などとれるはずがない。

そこでふと、大きな声、という名取さんの言葉を思い出した。隣にいる九条さんを見上げる。

「あの、ありがとうございました……なんか危ない感じだったんですけど、九条さんが起こしてくれたから」

「いえ、たまたまです。しかし今までも経験があったとは。入られやすいのは困りものですが、脱出する力もあるということですね。一種の能力ですよ」

「そうなんでしょうか……」

「入られないに越したことはないですが。一旦会議室に戻って休みましょう。あなたが視えたもの、詳しく聞かせてください」

九条さんはそう言うと、私をじっと見た。真正面から彼の顔が見える。その綺麗な顔面には未だ慣れていない。あまりに真っ直ぐ見つめられるので、ついのけ反る。

「あの？」

「本当に歩けますか。歩けないなら抱っこしましょうか」

「はい⁉　だだだ抱っこ⁉」

「冗談です。行きましょう」

いつもの無表情で彼はサラリと言うと、ポケットに手を入れて歩き出した。私は全身の力が抜ける。冗談とか言えるんだ、あんまり面白くないけど。そう思いながら彼の後ろに続けば、九条さんが振り返って私の様子を見ながら歩いていることに気がついた。いつもより歩く速度も遅い。

私は少し口角を上げる。彼はマイペースで気遣いなんて出来ない人だと思っていたけれど、人間として必要な優しさぐらいは持っているようだった。

なんだか嬉しくなった私は、彼のそばに駆け寄り、隣に並んで歩き出した。

会議室で少し休んだ後、私は先ほどの体験を九条さんに話した。彼は腕を組んで考えるように聞きながらも、「まだ今回の件と関係あるかどうかは分からない」と結論付けた。それは私も同感だった。ただ近くにいた霊と、たまたま波長が合ってああなっただけかもしれない。鍵事件とはなんら関係ない可能性の方が高い。

私たちはそう意見を伝え合い、気分が落ち着いたところでナースステーションへと向かった。もし鍵が開かないとなった時、すぐにその状況を観察出来るように、ナースステーションで待機したいと田中さんへ申し出ると、彼女はすぐに許可してくれた。

だが私服のままずっといると患者さんに不審に思われてしまうので、これを羽織っておいてほしいと渡されたのは、医師が着ている白衣だった。

私は入ったばかりの新米医師という感じだったが、ガラリとイメージを変えたのが九条さんだった。正直、見惚れてしまったのは否定出来ない。彼は悔しいほどに似合っていた。

彫刻のような美しい顔をした彼は、白衣を着るとぐっと神秘さが増す。寝癖はついているけれど、それが『当直で忙しかった働き者の医師』みたいなイメージに変わるから不思議なものだ。

看護師たちも少し色めき立った。だが当の本人はそれに気づくことなく、ただじっと鍵のついた二つの箱を見つめていた。

＊

「今日は起こりそうにないですねぇ……」

私は呟いた。時刻は十七時を回ったところだ。私たちはナースステーション奥にある休憩室で座っている。カーテン一枚で仕切られたスペースで、ここを出ればすぐにナースステーションだ。忙しく働く看護師たちの横で、ただ怪奇現象が起こるのを待つという立場は非常にやりづらかった。

その上、今のところ鍵はなんの抵抗もなく開くし、まだ明るいからか変な体験をしたという話も聞かない。麻薬の保管庫も何度か開け閉めされたし、救急カートも一日に数回物品のチェックをしているらしく、開閉されるが問題なし。怪奇現象が起こらないのはよいことだけれども、起きなきゃ私たちは何もしようがない。

九条さんと会話もなくぼんやり待っている時、私はあることを考えていた。言おうかどうしようか迷った挙句、ついに勇気を出す。

「……あの、九条さん」

私は恐る恐る話しかける。白衣を羽織ったまま座る彼がこちらを見た。

「はい」

「大変厚かましいとは思うんですが、お腹が空きました」

私が力なくそう言うと、彼はああ、と小さく呟く。

「そうですね、食事忘れてました」

「普通忘れます……？」

朝起きてコンビニに行った時、軽くパンを食べたくらいで、その後私は何も口にしていない。死にたがっていた人間が空腹を訴えるなんて、と笑われるかもしれないが、それはそれ、これはこれ。

「すみません、私集中したらよく忘れるんです。病院内にコンビニがあるようですよ。私は待ってますから行ってきてください」

「ありがとうございます、では九条さんも何か」

「買ってきてもらえますか、パッキー。あと水を」

「九条さんってパッキーしか食べないんですか？」

「いえ、食事も摂りますよ。でも仕事中はさっと食べられるあのお菓子が最適です。あれがないと私働けないので、お願いします」

もう呆れるのも通り越した。とにかくこの人の体は四分の三があのお菓子で出来ていることを確信し、私は立ち上がる。

「ではお言葉に甘えて行ってきます」

「はい、ごゆっくり」

私は財布を持ってナースステーションから出た。相変わらず働き続ける看護師さんにどこか罪悪感を覚えつつ、病棟を出てエレベーターへ向かう。

途中、病院の見取り図らしきものを見てコンビニの位置を確認しながら、そうだ、コンビニなら、ブラジャーはなくてもパンツくらいなら売ってるんじゃないかと思いつく。パンツだけでも替えたい。デザインが上下揃ってなくても気にしない。そんな色気のないことを考えながら、一階にあるコンビニを目指す。

辿(たど)り着いてみると、街中にあるコンビニとほとんど変わらない店内だった。強(し)いて言えば、生活用品が多く揃っているように感じた。食べ物なども豊富にあったので、適当におにぎりやサンドイッチを買い、九条さんにはいくつかのお菓子を購入した。ついでに歯ブラシなども揃えると、私はすぐに病棟へ戻った。

この仕事が終わるのはいつなんだろう、とぼんやり考えながら、右手にコンビニ袋をぶら下げてエレベーターに乗り込む。再度八階に上がり扉が開いた時、ふと空気が違うことに気がついた。もしやと思い、早足で病棟へ向かう。何がと聞かれれば分からないが、とにかくさっきと雰囲気が違った。

病棟へ足を踏み入れると、ナースステーションに人が集まり、皆首を傾げていた。その先頭に、九条さんがいる。保管庫の前で彼が何かを触っていた。

たぶん鍵が開かないのだろう。

私はナースステーション内に入ろうとして足を止める。どうせ保管庫前には九条さんがいるのだし、私はあえて遠目から見ていようか。もしかしたら、この怪奇現象を起こしている犯人を見つけられるかもしれない。そう考えてチラチラと周りを見渡す。が、特に怪しいものは見られない。むしろ人影一つない。ただ、どこか不穏な空気は感じるのだが……。

離れたところで九条さんが考え込むように腕を組んでいた。やがて九条さんは保管庫から目を離し、ゆっくりと辺りを見渡し始めた。その時、バチッと私と目が合う。次の瞬間、彼の目が丸く開かれた。明らかに私を見て驚いている。そのことに対して私は戸惑った。なぜ九条さんはこんなにも、私を見て……いや、待って、私？

はっとして背後を振り返る。そこには、無表情でナースステーションに目を向ける名取さんが立っていた。マスカラで綺麗に伸ばされた睫毛が一ミリも揺れることなく、ただ一点を見つめている。他の人のように困ったなとか、またかとか、そんな感情は一切感じられなかった。無なのである。

先ほど私が倒れた時心配してくれたのが嘘のよう。マネキンがここに立っているのかと錯覚しそうなほどだ。その不思議な様子に、どこかぞくりと寒気を覚えた。

そして私は気がつく。

彼女の左肩に、一、二、三。

生気を感じられない真っ白な指が三本、乗っている。

「……名取さん……？」

私が声を出した瞬間、指は消えた。彼女もはっとしたように表情を緩めてこちらを見る。私の存在にたった今気がついた、そんな様子だった。

「あ、なんかまた開かないみたいですねー」

「……そう、ですね」

「私もう勤務が終わる時間だし、帰りたいんだけどなぁ。ほんと困っちゃいますね」

　あはは、と笑いながら話す名取さんは普段のままだ。その肩にはもう何も乗っていないし、辺りを見渡しても何もいない。不穏な空気も消えてしまったように感じた。

名取さんはニコニコしながら伸びをする。

「黒島さんはまだお仕事ですか？　お疲れ様ですー。でもあんなイケメンと一緒だと楽しそう！　羨ましい」

「い、いやぁ……」

「私、明日も日勤なんですけど、それまで調査は続きそうですかね？　頑張ってくださいね！」

　さっきの無表情が嘘のように彼女はふりふりと私に手を振ると、ナースステーションに入っていってしまった。それを目で追っていると、じっとこちらを見つめていた九条さんと目が合う。

　……九条さんからも何か視えていたんだろうな。

　私はいつの間にかびっしょり汗をかいていた掌を一度服でぬぐうと、コンビニの袋を持ち直して彼のもとへ駆け寄った。

私がナースステーションに入った瞬間、「開いた！」という声が響いた。突如鍵が開いたらしい。皆それぞれ安心したようにまた仕事へと戻っていく。私は保管庫前に残っていた田中さんと九条さんに近づき、声を掛ける。

「九条さん」

「おかえりなさい」

「あ、ただいま……鍵が開かなかったんですね」

田中さんがいる手前、名取さんのことはとりあえず伏せた。九条さんは腕を組んだまま考える。

「確認しましたが、何かの細工のようなものは見当たりません。開かないと騒ぎになったあと私が鍵を拝借して動かしたのですが、あれは……」

「あれは？」

「鍵や扉の不具合という感じではないですね。こう……押さえつけられているかのように」

その台詞にどきりと胸が鳴る。九条さんはじっと保管庫を眺め続ける。

「鍵を回そうとすると、まるで反対の力が加わるように回らないんです。上手く説明しにくいですがね」

「いえ、想像つきます……」

「開けさせまいとする意志を感じました。確信しました、これは人為的なものではなく怪奇現象です」

キッパリと断言した九条さんに、田中さんは複雑そうな表情を浮かべた。普通の人にとって幽霊の仕業だ、なんていう結論は受け入れにくいのだろうと思う。田中さんはそれでもすぐ顔をキリッとさせて言った。

「そうそう、頼まれていた、一ヶ月前に亡くなった患者さんのリストです」

差し出された紙を九条さんは受け取ると、それをじっと読む。私もそうっと近寄り、背伸びして覗き込んだ。書かれていたのは四名の名前だった。


柊木薫（四十二）死因＝胃癌。元々終末期でセカンドオピニオンにて当院へ。大きなトラブルなく告知済み。家族に看取られて死亡

夏木茂（八十八）死因＝誤嚥性肺炎。三日前入院するもその時から呼吸状態がよくなく、治療の甲斐なく死亡

神谷すず（七〇）死因＝食道癌。認知症も進行していたため未告知のまま亡くなる。

末期癌のため、治療というより最後は疼痛コントロールであった
安藤稔（六十八）死因＝胃癌。外科にてオペ施行するが、転移も見つかり抗がん剤治療へ。告知済みだったが本人はトラブルメーカー。オペの仕方が悪かったと根拠のない言いがかりはよくあった。しかし、亡くなる直前は穏やかになり、家族に看取られて死亡

一つ一つを噛みしめるように読む。九条さんをちらりと見上げてみれば、やはり考え込むようにしてじっと文面を眺めている。やがて、その形のいい唇から質問が漏れた。

「この中で救急カートを使用した人は」

「どなたも使ってません。終末期だったり高齢の方だったりですので、家族の意向もあり延命治療はしなかったんです」

「では麻薬使用は」

「夏木さん以外の三人は皆使ってました。痛みのコントロールのために。……原因分かりそうですか？」

「もう少しお時間をください。この四名のカルテを閲覧したいのですが」

「え？　ああ……分かりました。うちは電子カルテなので、パソコンを一台お貸しし

ます」

「ありがとうございます。会議室で見させてもらいます」

そう言うと、九条さんはもらった紙を丁寧に折りたたんでポケットに入れた。

パソコンを持って会議室へ入った九条さんと私は、すぐに椅子に腰掛けた。どっと疲れが襲ってくる。得体の知れない悪意に触れればどうしても疲労感が出る。名取さんの背後にいたのはイヤなものだった。この病院で初めて出会った不穏な空気。

「で……九条さんからはどう視えましたか？」

私は早速聞いてみたものの、彼は許可もなしに私が買ってきたコンビニの袋を漁(あさ)り始めた。そしてはっと驚愕の表情になる。

「……黒島さん。これは確かにビジュアルが似ていますが、パッキーではありません。チョコレートがコーティングされていない……」

絶望を覚えたように九条さんは手で顔を覆った。どうやら私が購入してきたお菓子が気に入らなかったようだ。こんなに彼が表情を変えるのを初めて見た。だが、私は冷めた目でそれを見る。

「ソーデスカ」

「パッキーは……甘くないと……」

「苺と抹茶も入ってますよ」

私が言った途端、がばっと顔を上げて彼は袋を更に漁った。サンドイッチの下に埋もれていた苺と抹茶のパッキーを見つけ、どこかキラキラしたような目で私を見た。

「さすがですね、仕事が出来ます。これがなくては。苺のチョイスはお見事です」

ああ、相変わらず変な人。封を開けて早速一本咥える姿を見て、ちょっと可愛く見えるな、と一瞬思ってしまった自分を殴りたい。

彼は満足げに食べると、先ほどポケットに仕舞い込んだ紙を取り出した。そしてそれを眺める。私はとりあえず、買ってきたお茶で喉の渇きを潤した。

「それにしてもゆるゆるですね。カルテの閲覧すらこんなスムーズだとは。個人情報保護とは一体」

「あ、それもそうですね……」

「普通こんな得体の知れないやつらにカルテ開示までしないと思いますがね。せめて上司と相談しないと」

「九条さん、得体が知れない自覚あるんですか」

「視えない人たちにとっては、怪奇現象の原因を探る集団など詐欺師にしか見えないのは仕方のないことです」

言い切った彼を見て、私は心底羨（うらや）ましく思った。私もこんな風に達観した見方が出来ればいいのに。視えない人に信じてもらうことは無理なんだと割り切ってしまえれば、もう少し……楽に生きられたのかな。

　彼は考え込む私をよそに続ける。

「今日一日ナースステーション内で観察していた限りだと、中の仕事のやり方はずさんですね」

「え、私全然そんなこと気づきませんでした……」

「ステーション内の壁に『点滴のダブルチェック』というポスターがありましたね。ダブルチェックとは、患者に投与する点滴の内容が正しいものであるか、二人の看護師で確認しろということなんです。病院によってやり方は違うと思いますが、少なくともこの病院では推奨してるやり方なんでしょう。しかし全然していませんでしたね、この病棟。ダブルチェックのサインだけしてましたけど、確認はしていませんでした」

「く、九条さんよく見てましたね……」

　素直に感心して褒めた。私は全然そんなところを見てなかった。これでは観察力がないと言われても仕方がない。

　九条さんは少しだけ声のトーンを低くした。

「前も言いましたが、病院にいる霊は死を受け入れていることが多いので、霊体の多さの割に、攻撃的なものは少ない方です。ですがもし……死の原因が病によるものではなかったとすれば、恨みを持って亡くなるのは当然かと」

「え……医療ミスってことですか⁉」

「可能性の一つです。適当な作業や管理の仕方を見て思っただけなので」

そこまで聞いて思い出してしまうのは、やはりさっき見た名取さんのことだ。私は恐る恐る尋ねた。

「……見ましたよね？　名取さん」

「名取さん？」

「鍵が開かなかった時、私の後ろにいた名取さんを見て、九条さんも目を丸くしてたでしょう？」

「ああ、彼女、名取さんという名前でしたか」

何度か話したのだけれど、名前は覚えていなかったらしい。看護師の手元は見ているのに、名札は見ていないようだ。あんな美人、一発で覚えられそうなものなのに。

しかも食事に誘われたりと、熱心だったのにな。

「それで、九条さんは何を見ました？」

「憎悪の塊が」

サラリと述べられた言葉に背筋が凍る。

「……え、憎悪？」

「あなたも感じたのでは」

「まあ、不穏な空気は感じ取りました。でも、視えたのは肩に乗っていた指だけで」

「私もシルエットなので何者かは分かりませんけど、名取さんにぴったり寄り添って彼女を見てましたね。タイミング的にも空気的にも、鍵の原因はあれでしょう。あと、声も聞こえました」

「え！　なんて⁉」

私は勢いよく九条さんの言葉に食いつく。彼は私の方を見ると、真っ直ぐな視線で一言だけ言った。

「〝痛い〟」

鍵事件の原因はやはり霊によるものだと分かったけれど、果たしてこれからどう進めるのか。私も九条さんも除霊などは出来ない。それを尋ねてみると、九条さんはまずはあの霊の身元を明らかにしたいと言った。

私がさっき、名取さんの後ろにいる霊の顔を視ていればよかったのだが、残念ながら視ていないので、もう一度会う必要がありそうだ。九条さんは、もらったメモに書かれた四人のうちの誰かである可能性が高いと見て、とりあえずその人たちのカルテを読むことになった。

気がつけば時刻は二十一時。病棟は夜勤帯に変わり、看護師は三名と減っている。もう今日の泊まり込みは確定していた。あとでトイレに行って下着を替えようと決意する。

九条さんがカルテを閲覧している間、私はもう一度監視カメラの映像を見直すことにした。何か見落としがあるかもしれないからだ。

「声って、どう聞こえるんですか？」

九条さんはパソコンから目を離すことなく言う。

「場合によりけりです。今回のようにあまりに恨みが強いと言いますか、我をも失いかけている霊は、会話が成立しないこともあります。そのものが持っている強い思いが聞こえるだけです」

「それが痛い、かぁ……」

病気で亡くなったとすれば痛みが伴うのは必然的とも思うが、なんだか切なくなる。

亡くなってもなお、痛みに苦しんでいるとしたら、こんな辛いことはない。

「霊によっては会話が成立することもあるんですよね？」

「ありますよ。普通の人間と同じように話をすることもあります」

「へえ……私は会話は出来ないから……」

会話が出来るというのは、少し面白そうだな、と思った。はっきり視えないけど聞こえる九条さん。聞こえないけどはっきり視える私。タイプは違うけれど、同じように見えざるものが視えるんだ。

不鮮明な監視カメラの映像を眺めながら、私は微笑んだ。

「私、今まで出会ったことなかったんです、自分以外に視える人。周りからは変人扱いされるし、正直自分の頭がおかしいだけなのかなってずっと思ってました。でも九条さんと会って、他にも視える人がいることに感激したんです」

出会った時に視えた飛び降りの霊に、名取さんの背後の影。間違いなく、この人は私と同じものが視える。その安心感は今まで生きてきた中で一番だ。あいにくとんでもない天然男だけど、それでも私は嬉しい。

「そうですか。私は他にも視える仕事仲間はいますから、まだよかったですが……周りに誰も理解者がいないということは、確かに厳しいものがあるでしょうね」

「そうですね……」

「死にたくなるほど、に」

ふと画面から目を離して隣を見た。いつの間にか九条さんはパソコンから目を離し私を見ている。夜の静寂が二人を包んだ。テレビとパソコンの稼働音が僅かに響くのみ。それが酷く気まずく感じた。いたたまれず彼から視線を外し、乾いた笑みで誤魔化す。

「……はは」

「あんな廃墟ビルまで足を運ばせる出来事があったんですか」

そっと唇を噛んだ。話してみたい、と思ってしまった自分への戒めに。きっと私は誰かに聞いてほしいのだ。特に、私と同じく視える九条さんのような人に。

ただそれでも、今話すのは軽率だと思った。この仕事を引き受けてみたものの、正直なところこれからどうするのか決め切れていない。役に立っているとも思えないし、じゃあまた死のうだなんて極端な答えも出せない。自分の行く末すら決め切れてないのに、人に話だけ聞いてほしいなんて我儘だと思った。

私は視線を伏せたまま、か細い声で言った。

「もし、正式に私を雇って頂ける日が来たら……聞いてくれますか」

「……そうですね。そうしましょう」

彼は私に執拗に聞くようなことはしなかった。それが優しさだと感じるのは、きっと気のせいじゃない。私が意識を失った時に名前を叫び、その後も気遣うようにゆっくり歩いてくれた人は悪い人じゃない。

『あの人は悪い人じゃないよ』

そう言っていた伊藤さんの言葉が、今なら分かる。うん、悪い人じゃないね。変な人だけど。一人でそう呟いて笑った途端、九条さんは私と出会った時、なぜあんな場所にいたのか聞きそびれていたのを思い出した。

「そういえば、九条さ――」

言いかけた瞬間、部屋にノックの音が響いた。私と九条さんは同時に振り返る。扉がそっと開かれたそこに立っていたのは、病棟の看護師さんだった。私と年齢が近そうな女性で、丸顔のせいかどこか子供っぽい。

「こんばんはー。お疲れ様です。病棟でコーヒー淹れたんです。よかったらどうかなと思って持ってきました」

私は慌てて立ち上がり、手に小さなお盆を持っている彼女を招き入れた。人懐こい笑みを浮かべながら、湯気の立つそれを溢さないようそっと部屋に運び入れてくれる。

「お気遣いどうもありがとうございます！」

「いえー、昼から働いてらっしゃるって聞いて。大変ですね」

白いマグカップに入れられたコーヒーをお盆から二つ取る。砂糖やミルクも置いてあったので頂いておいた。九条さんは立ち上がることなくこちらを振り返り、看護師さんに尋ねた。

「あなたは何かここで不思議な体験をされましたか」

「えっ？　うーん、私鈍いみたいで、そういったことはまるでなくて」

「そうでしたか。ではこんなことになっている心当たりは」

「えーと、どうでしょう……おかしな出来事はたまに起こりますし、仕事をしていれば患者さんとのトラブルが起きたりもしますけど、でもそれはよくあることっていうか……」

困ったように眉尻を下げる看護師さんに、九条さんは容赦なく質問を続けた。

「この四名を受け持ったことは？」

九条さんが例のメモを開く。書かれた四人の名前を読み、あぁーと頷いた。

「全員受け持ったことはありますよ」

「トラブルは」

「安藤さんくらいですかね。そこに書いてあるように治療にイチャモンつけてきて。

でも最期の方は私たちに謝ったりして性格も丸くなったし、穏やかに逝かれましたけど」

「そうですか……」

「他の三人はそういうことはありませんでしたよ。告知済みで最期を受け入れてた方に、来た時から意識がなくそのまま亡くなった方……神谷さんに至っては認知症が進行していたから、会話もままならないぐらいでしたし」

九条さんは一つ頷くと、更に質問を重ねる。

「ところで、この四名のうち三名が八一〇号室なのは何か関係がありますか」

「え⁉　三人が？」

声を上げて驚いたのは私だ。そんな事実知らなかった。私が『入られた』経験をしたのは八一〇号室の前。名取さんもあの周辺で変なものを見たという証言が多いと言っていた。そんな部屋で立て続けに人が亡くなるとなれば、ただの偶然とは思えない。

力を持った何者かが、引き摺り込んでいるのでは……なんていうホラー映画的展開を想像してビクビクしていた私をよそに、看護師さんはケロッとして答えた。

「あ、それはあの部屋が重症部屋だからです」

「重症部屋？」

「ええ、ナースステーションに一番近い個室で、隣には処置室もあるし、何かあった時すぐ駆けつけられる部屋なんです」

「つまり言い方は悪いですが、亡くなる可能性が高い方があの部屋に入るようになってるんですか」

「ええ、そうです。やっぱりそういう方はナースみんなで気にかけなきゃいけませんから」

ニコリと笑った看護師さんに、私は感激した。そうか、きちんとあてがう部屋の位置まで考えられているんだ。九条さんはずさんな仕事内容と評価していたけれど、私としては素直に凄いなと感心する。九条さんは納得したように頷くと、今度はパソコンの方を見ながら聞いた。

「カルテの記録に書かれている、『麻薬の早送り』とはなんですか」

「ああ……」

看護師さんは唸りながら、素人の私たちにも分かりやすいように説明する方法を考えているようだ。

「その、簡単に言えば頓服です。痛みが強い時にやるんです。麻薬にも色々種類はありますけど、早送りは点滴の場合ですね。麻薬の点滴は、持続的に一時間に数ミリリットル流すとかの世界なんですけど、痛いと訴えがあれば、医師の指示のもと、一時的に多めに流すんです」

「なるほど……それが、麻薬の早送り……」

　九条さんはカルテをじっと見つめる。私はその隣で頂いたコーヒーを静かに啜(すす)った。看護師さんもどうしていいのか分からないのか、九条さんの様子を窺っている。ややあって、九条さんがようやく話を切り上げた。

「分かりました。貴重なお話ありがとうございました」

「あ、いえー。ナースステーションにいるので何かあれば声を掛けてくださいね」

　ニコリと笑う看護師さんに私が頭を下げると、彼女は急ぎ足でそこから立ち去って行った。パタンと閉じられた扉が、また静寂を作り出す。

「面白い話でしたね」

　さして面白くなさそうに彼は言う。

「そ、そうですか？　八一〇号室の謎が解けたのはよかったですけど」

「少し伊藤さんに調べてほしいことがあるので連絡してきます。待っててください」

　九条さんがガタンと立ち上がるのを見て、私は慌てる。こんなところで一人きりにされてしまうのはごめんだと思ったのだ。

「でも、あの」

「なんなら寝ててもいいですよ、休息も大事です」

「こんなところで寝たくないですよ……」

「すぐ戻ります。あ、私コーヒー飲めないのであげます。気をつけてくださいね。あなた入られやすいんですから」

九条さんはそう言うと、私が怖がっているのにも気づかずそのまま部屋から出ていってしまった。一人になり、呆然とする。最後にとんでもない言葉を残していったなあの人。恐怖心を煽（あお）ってどうする。

「気をつけるったってどうすりゃいいのよ……」

しんとした会議室。目の前には病棟を映す監視カメラ。廊下は消灯時間のためもう暗い。最悪だ、こんなところに一人残されてしまった。私は両手で顔を覆う。

生まれつき霊が視えるとなれば、大半の人は『慣れてるんだ』と思うかもしれない。だがそれは大きな勘違いだ。幼い頃から視えてはいるが、全く慣れないし、むしろ普通の人より恐怖心が強い。

身震いをして自分の腕をさする。暖房が利いているはずの部屋が寒く感じた。九条さんは怖いとか思わないんだろうか。この暗い廊下を歩いて一人で移動するなんて、凄いな。

はあとため息をつくと、気を紛らわせるために、九条さんが見ていたカルテを覗き込んだ。監視カメラの粗い映像はちょっと不気味だからだ。

開かれていたのは、神谷すずという人のカルテだった。丁度、『麻薬を早送りする』という文面が見えた。九条さんはこれを見て質問したのだろう。確か、この人は認知症が進んでいて会話もままならないと言っていた。でも痛みの訴えだけはあったんだろうなぁ。

「痛い、かぁ……」

九条さんが聞いたという声。死んでからも痛がっているということだろうか。怖いと思ってしまうけど、きっと相手は哀れな人なんだ。

……私もあの時死んでたら、そうなっていたのかな。自殺を繰り返すようなそんな存在に、なっていたのかな。

「でも、これからどうやって調査を進めるんだろ。名取さんは関係あるのかな」

独り言が部屋に響く。それがやけに寂しく聞こえて、私は黙った。怖いからあえて喋ってみたけれど、逆に虚しい。仕方ないのでマウスでカルテを送りつつ、ぼんやり眺めているとノックの音がした。一瞬驚きで心臓が飛び上がるも、すぐに開いた扉から端整な顔が見えてほっとする。

「おかえりなさい！　早かったですね」

「ええ、用件は少なかったので」

九条さんはそう短く言うと、思い出したように私に言った。

「少し試してみたいことがあるんです。一緒に来てもらえませんか」

「え？　は、はい、いいですけど」

私はコーヒーをもう一口だけ飲んで立ち上がると、九条さんの背中を追って部屋を出た。辺りは昼間と違い全体が暗い。非常灯の緑色がやたら眩しく見えた。

「こっちです」

九条さんは病棟へと足を運び入れる。それに素直についていき、ナースステーションを通り過ぎる。巡回中なのか、看護師さんは誰もいない。やたらと自分の足音が響いているように思うのは、周りが静かすぎるからだろう。病棟の廊下はやはり不気味には変わりないが、九条さんが一緒にいるというだけでだいぶ心強い。

「九条さん、もしかして……」

声を潜めて背後から問う。この先は昼間あんなことがあった部屋なのだ。だが彼は何も答えず歩を進める。一体何を試すのか話してからでもいいのに、説明の一つもないのはなぜなんだろうと首を傾げた。少しその白い背中を睨むと、ふと彼が足を止めた。そこは、八一〇号室だった。二人で病室の扉を見る。

「……あの、何を」

私が尋ねるのも聞かず、彼は閉まっていた扉をゆっくり開けた。引き戸の扉は小さく擦れる音を出しながら動く。九条さんは中を覗き込んだ。そして私の方を見て、手招きする。私は恐る恐る部屋に近づき、中を覗き込んだ。

真っ暗な部屋は昼間と同じでひっそりとしていた。大きな窓からは月が見える。顔を突っ込んでキョロキョロと中を観察していた時、ある物を見つけて息を呑んだ。

ベッドで、誰かが寝ている。

白い布団が盛り上がっているのだ。全身が布団に覆われているので、誰なのかは見当もつかない。九条さんを振り返ると、彼は無表情で私を見ていた。

「あの、あれって」

私が震える声で尋ねても彼は何も答えない。それが、見てこい、という無言の圧のように感じた。うそ、私が見に行くの？

拒否しようとして、そういえば九条さんは霊の姿は視えなかったことを思い出す。はっきりと視えるのは私なので、私の仕事だと言われれば確かにそうだ。これまでの調査で役に立てていないので、やっと出番が来たとも言える。

　もう一度部屋の中を見た。目を凝らしてみると、布団が僅かに動いた気がする。そして枕元にほんの少しだけ、黒髪がはみ出しているようにも見えた。私はごくりと唾を呑んで覚悟を決めると、震える足を踏み出す。

　電気は点けなかった。霊の正体を視るチャンスなのに、明かりを点けたら消えてしまう気がしたからだ。残念なことに、闇は人間の恐怖心を煽る。これでもかと言わんばかりに心臓は鳴り、ぶるぶると全身が小さく踊る。それでも少しずつベッドに近づき、ようやく間近でその塊を見つめた。盛り上がった布団を指先で掴むと、人の体温が布団から伝わってくる気がした。

　何がいるのか。誰がいるのか。あの四人のうちの誰かなんだろうか。最後にもう一度だけ深呼吸をすると、私は意を決してその布団を捲った。小さな埃が舞い散る。


『私』が寝ていた。


「……え、な、に」

　声が漏れる。ベッドに丸くなって目を開けたまま横たわっているのは、紛れもなく自分だった。死んだように顔は白く寝息もない。瞬き(まばた)もせず、どこかをじっと見つめていた。口は半開きになり、唇は乾燥している。

一瞬で頭が真っ白になった。息をすることすら忘れる。

「く、九条さ――」

布団を握りしめたまま振り返る。だがそこには、人影一つなかった。さっきまでの九条さんを思い出し、私は全てを理解する。

……しまった。

そう思った瞬間、自分の喉から叫び声が漏れたが、それが辺りに響くことはなかった。

＊

「おはようございまーす」

女性の声が聞こえる。その声に反応しなんとか重い瞼(まぶた)を持ち上げると、部屋の明かりが目に入る。眩(まぶ)しさに眉を顰(ひそ)めながらも覚醒すれば、そこは病室の天井だと気がついた。

「……あれ、私」

慌てて起き上がろうとした瞬間、手首に痛みと強い抵抗を感じ、ベッドに倒れ込んだ。驚いて自分の体を見る。

「……え、何？」

なんと私の体は、拘束されていた。

両手は体の横で白い紐のようなもので縛られ、ベッドの柵に繋がれている。更には腰も同じ布のような紐でベッドに固定されているのだ。腕を引いてみるが、びくともしない。縛られた紐が手首の皮膚に食い込んで痛みが生じるだけだった。

両手の自由を奪われたと理解した途端、一気に恐怖が押し寄せる。混乱で頭がぐるぐると回る。なぜこんなことになっている？

「あの、これ、なんですか⁉」

先ほど聞こえた女性の声を頼りに右側を見た瞬間、ひっと自分の口から声が漏れた。そこには、般若の面を被った看護師が立って私を見下ろしていた。真っ白な肌に吊り上がった目と口、二本のツノ。末恐ろしい顔が、すぐそばで私を観察している。

「はーい黒島さん、暴れないでね～」

その言葉を聞いた瞬間、全身に痛みが走った。どこが、というわけではない、全てに痛みがある。内側が燃えているような、誰かが中で暴れているかのような、そんな表現のしにくい痛みが私を襲った。身悶えしようとしたが、拘束されているので動けない。せめて痛いところをさすりたいのに、それも出来ないなんて。

「痛い……。痛いです！」

痛みに顔を歪ませ、般若の看護師への恐怖も忘れて私は叫んだ。

「これも取ってください。なんで縛るんですか？　あなた誰ですか、取ってください！　……そうだ、九条さんは？」

私の問いかけに、般若の看護師は何も答えない。ただじっとこちらの方に顔を向けて立っている。般若の金色の目が光っていた。その奥から誰かが見ている。ゾッとして鳥肌が立ち、自分の唇が震えるのが分かった。

「助けて……。痛いんです……お腹とか、背中とか、喉とか、とにかく痛くて……」

「痛みます？」

「は、はい！　痛いんです！」

「じゃあ痛み止め使いますね～」

その言葉を聞いてほっとした。痛み止めという単語にこれほど救いを感じたことはない。般若のことなんてどうでもよくなってきた。痛みは人間の思考を鈍くさせるようだ。

　看護師は何やらゴソゴソ準備していたが、私からは何も見えなかった。とにかく早くこの痛みをなんとかしてほしい、そう心に強く願う。未だ続く痛みに唸(うな)り声を上げながら、縛られた両手をなんとかしようと無理に引き上げるたび、ベッドの柵がガタンと揺れる。

「あの、これも取ってください。私もう起きましたから……」

「それは取っちゃいけないのー」

「ど、どうして？　九条さんは？　九条さん、九条さん！」

　彼が戻ってきたらこんなの取ってくれる。あの人は変な人だけど、私をこんな目に遭わせたりしないはず。一体どこへ行ったのだろう。なぜこんなことに。

「九条さんを呼んでください。九条さんはどこに行ったんですか？　……痛い、痛みが……」

　私の言葉に看護師は何も答えなかった。ただこちらを黙って見ている。私は顔を歪めながら痛みに耐えようとするが、あまりに辛い。骨なのか、それとも内臓なのか、一体どこが痛むんだろう。それすらよく分からない。ついには目から涙が溢(あふ)れてくる。痛いし、縛られてるし、九条さんはいないし、看護師は般若(はんにゃ)だし、今一体何が起こっているのだろう。

私が涙を溢（こぼ）しているのにも知らんぷりで、看護師は踵（きびす）を返して部屋から出ていこうとする。

「あ、待って！」

「痛み止め、すぐに効きますからね～」

それだけ言うと、彼女は扉を開けて出ていってしまった。一人残されたことに愕然としながらも、私は再び痛みに顔を歪める。九条さんが私を探しに来てくれるまで待つしかないのだろうか。先ほどの看護師は痛み止めが効くと言っていた。きっと多少はよくなるはずだ。私は歯を食いしばってとにかく痛みに耐える。

耐える。

耐える。

耐える。

だが、とにかく痛みがなんとかならないと正常な思考が出来ない。少し治まってきたら今一度冷静になろう。私はそう考えながら、時折体を折り曲げながら痛みと闘う。

しかし、その痛みが軽減することはなかった。むしろ時間が経つにつれ増してきたのではないかと思うほどだ。一向に薬が効いてくる様子はない。

どれほど時間が経ったのだろう。時計すらないこの部屋では、時の流れを感じることは出来ない。

「すみませーん！　だ、誰か……いませんか！」

ついに叫んで助けを呼んだ。手を縛られているためナースコールすら押せない。私に残されているのは叫ぶという術のみだ。

「痛いんです……。痛いんです、九条さん！」

私の声は白い壁に吸い込まれた。誰かが答えてくれるわけでも、顔を覗かせてくれるわけでもない。まるで世界に自分一人しかいないようだった。呼んでも呼んでも、私のもとには誰も来ない。

これほどの絶望を、未だかつて感じたことがない。

人がそばにいない寂しさ。

痛みが続く苦悩。

体の自由が利かないもどかしさ。

「痛み止めって……全然効かない……」

すぐに効くって言っていたのに。もはや顔面は汗と涙でぐちゃぐちゃになっていた。なぜこんなに痛いのだろう。私の体はどうなってしまったのか。とうとう本当に頭がおかしくなったんだろうか。長い夢でも見ていた？

そう考えてはっとする。自分で出した仮説に震え上がった。

もしかして私はあの日、本当はビルから飛び降りたのかな。なんとか一命は取り留めて入院している？　九条さんが、夢か妄想だったとしたら。あんな人、本当は存在しないのではないか。

何があったの。なぜこうなってるの。誰か教えて！

叫ぶも答えは何も返ってこなかった。叫び疲れた喉は掠(かす)れた声しか出せない。流した涙が耳に溜まる。もちろんそれを拭き取る自由はない。

「誰か……来てください……」

いっそ、意識を失ってしまった方が楽だと、本気で思った。

その瞬間、頬に鋭い痛みが走った。痛みまみれのこの体だけれど、頬の感覚だけは特に鮮明に伝わった。ふと真正面に、人の顔が映る。涙でボヤけてしまっているが、それは紛れもなくあの綺麗な顔の人だった。

「……九条、さん……？」

眉を顰(ひそ)めた九条さんだった。彼ははあーっと大きなため息をつき、目を閉じる。九条さんがいる。これは夢なんだっけ、妄想だったか。混乱のまま目をまん丸にした私を、彼は困ったように見下ろした。

「気をつけてと言ったでしょう。ガッツリ入られましたね？」

九条さんの言葉を聞いて、一気に冷静になった。私、また入られたのか。でも今まで見た中でも、圧倒的に怖くて現実味があった。現実を夢だと思い込ませるほどに。

その証拠に、未だ私の混乱は完全には収まっていない。

「九条さんは……ちゃんと存在してますか？」

「はい？」

「わ、私の夢とか妄想とかでは……？」

震える手を自分の頬に置いた。ちゃんと動かせる、私の手だ。頬には涙の痕がベッタリとついていた。彼はまた一つ息をつく。

「これはまた相当な力で入られましたね……現実と見せられた映像の区別がつかなくなるくらいに」

そう言うと、白い服の袖で私の顔を少し乱暴に拭いた。目元の水分がなくなり九条さんの顔がしっかりと見える。

「いいですか。私はちゃんと存在する人間です。あなたはあの時死んでいないし、今も生きています。落ち着いて。冷静になれば分かります」

その抑揚のない声が私に安堵をもたらした。すうっと頭が冷えてくる。また入られるなんて。ここから八一〇号室に連れ出した九条さんすらニセモノで、そしてあんな体験をさせられたのだ。

せっかく九条さんが拭き取ってくれたというのに、私の目からはまたしても滝のように涙が溢れた。やや困ったように、彼は少しだけ目を細める。

「凄く……怖かったんです、こんなの初めてってくらい……」

「はい」

「でも何より……私に入った人は、生前こんな辛い思いをしていたんだと思うと悲しい……可哀想でならないんです。孤独で痛くて、あんなのが続くなんて考えられない」

拷問だと思った。ほんの少しの時間でもあれほど辛かったのに、毎日経験していたなんて可哀想すぎる。なんて哀れで悲しい人なんだろう。私はその人に、何かしてあげられるのだろうか。

しゃくりあげて泣く私を、九条さんは何も言わずじっと眺めていた。慰めることも、励ますこともしない。そのただ見守る優しさがまた、私の涙を誘う。

しばらく経って突然、九条さんは口元からふ、と息を漏らした。驚いてそちらを見る。彼がほんの少しだけ笑ったのだと、その柔らかい表情を見て理解した。

「すみません。黒島さんは大変な思いをしたと分かっているのですが、あなたが入られやすい体質である理由が分かりました。痛みに敏感なのですね。自分にも、人にも」

そう言う彼の顔は優しかった。散々流れていた涙もピタリと止まる。息をするのも忘れるほどに、彼は美しかった。元々あまり表情豊かでないせいか、微笑みの破壊力は凄い。ほんの少し表情を緩めただけで、私の混乱と涙を止めてしまう威力だ。吸い込まれるように私は彼の顔を見つめた。

「霊もあなたなら分かってくれると信じて入り込んだのでしょうね。感情が豊かで優しいので……どうしました?」

「……やっぱり今って夢でしたか?」

「なぜですか」

「九条さんがらしくないことを言っているので……」

「そうですか? 私はいつでも正直なだけですよ」

この人が天然だということは分かっていたけれど、こういうこともストレートに言葉に出すタイプだったのか。これほど真っ直ぐに優しい、などと言われた経験はないので、どうしていいか分からず戸惑ってしまった。なんと答えようか頭の中でぐるぐると考えている時、またしても九条さんに抱きかかえられていることにようやく気づく。慌てて上体を起こしてその腕から離れた。

「な、何度もすみません……」

「いえ、ここに戻ってきたらあなたが床に倒れ込んでいたので」

「全然知らなかった……いつ倒れたんだろう」

「それと謝るのはこちらです。女性相手なのに少し本気で叩きました」

　言われて、そういえば右頰がジンと熱いな、と触る。目覚めた時の痛みは彼が与えてくれた刺激だったのか。私は小さく首を横に振った。

「いえ、本当にめちゃくちゃ感謝しています……あのまま入られた状態が続いていたら、どうなっていたことか……」

「しかし、もうちょっと手加減すべきでしたね」

「顔歪んでます？」

「ええ、残念なことに」

「えっ⁉」

「冗談です」

　また無表情でそう言うと、九条さんは立ち上がった。辺りを見渡せば、座っていたはずの椅子が横に倒れている。どうやら椅子ごと床に倒れ込んだらしい。

私もゆっくりと立ち上がる。体の自由を奪われていた夢を見た後だからか、なんだか違和感を覚えてしまう。自分の全身を観察したが、いつもの私の体だ。縛られてもいない、痛みもない……健康であることのありがたみを痛感した。

九条さんがこちらを窺いながら言った。

「コーヒーでも飲んで落ち着いては。新しいのもらってきましょうか」

「いえ！　今は一人にしないでください……」

「それもそうですね」

倒れた椅子を元に戻した九条さんはそこに座る。私もまた隣の椅子に腰掛け、飲みかけのコーヒーを口に含んだ。それはまだ十分に温かくて、あれほど長く感じた体験が、ほんの少しの時間でしかなかったことに驚く。

苦い風味で心を落ち着かせた私は、彼に向き直って言った。

「聞いてもらえますか、私が視たこと」

「はい、もちろんです」

私は全てを話した。ニセモノの九条さんに促（うなが）されるまま八一〇号室に入り、寝ている自分を見たこと。目が覚めたら拘束されており、般若（はんにゃ）の看護師がいたこと。全身が痛くて痛み止めが全然効かなかったこと。苦しくて苦しくて堪（たま）らなかったこと。九条さんは真剣な顔で私の話を聞き、時折静かに頷いていた。

「……という感じだったんです」

一気に話した私は喉が渇いてまたコーヒーを飲んだ。九条さんは何も手に取らず、じっと一点を見つめている。

「とにかく痛くて怖くて。九条さん、あれって――」

「お手柄ですね、黒島さん」

突然九条さんが言う。ポカンとしている私をよそに、彼は目の前のパソコンを弄った。

「あなたも誰の霊か分かったのでは」

「え？　ああ……やっぱり神谷すずさんという患者さんですか」

「正解です」

神谷すず（七〇）死因＝食道癌。認知症もあったため未告知のまま亡くなる。治療というより最後は疼痛コントロールであった
私は彼の隣からパソコンを覗き込む。

「縛られていたのは、認知症によるものってことですよね？」

「でしょうね。認知症の方は、治療の妨げになるようなことがあれば家族の許可を得て拘束出来ます。神谷すずという方も拘束されていたようです、カルテに残っています」

「看護師が般若だったのも、すずさんのイメージですね？」

「でしょうね。認知症であるご本人からすれば、看護師が恐ろしい人たちに見えたんでしょう」

そこまでは私も同感だった。ようやくこの病棟に怪奇現象をもたらす正体が判明したのだ。しかし同時に困ってしまった。

「認知症だから看護師を敵と見なして恨んでるってことでしょうか？　それなら誰も悪くないわけで、どうすずさんの気持ちを収めるのか……」

「いいえ。彼女がこれほどの恨みを持つ原因は他にちゃんとあります」

九条さんはパソコンの画面をくるりと私の方に向けて、カルテにある文字を指さした。そこには、『九時五分　痛みの訴えあり。麻薬を早送りする』という記録があった。

「……これが何か？」

「癌の痛みのコントロールのため、麻薬を常用していました。それでもなお痛む時は医師の指示のもと、麻薬の早送りをしていたそうですが」

「さっきの看護師さんも言ってましたね」

「名取という看護師が受け持ちの日に限り、神谷すずの痛みの訴えは別日より多い」

はっとして名取さんの存在を思い出す。すっかり忘れていたのだ、彼女の肩に乗っていた指の存在を。

「名取さんが受け持ちの日だけ……？」

「他の日は、神谷すずは日に一、二回痛みを訴えるくらいなんです。日によっては訴えがないことも。しかし名取看護師の日は、勤務時間内に四、五回は麻薬の早送りをしている」

「……夢の中でも、痛くてたまらなくて……痛み止めを使うと言われても全然効かなかった……」

あれは本当に辛かった。痛み止めを使いますという言葉に凄く安心したのに、実際にはまるで痛みが減らなかったのだから。そこで私はあることに気づき、九条さんに勢いよく尋ねた。

「もしかして、早送りすると言いながら本当はしてなかったんですか⁉」

そうだとしたらすずさんの怒りも分かる。あんな痛みを延々味わうだなんて地獄だ。

しかし九条さんは同意しなかった。

「いいえ、早送りをしていなければ、次に薬剤がなくなる時間にズレが生じてしまいます。

いくら管理がずさんな病棟とは言えども、麻薬に関しては病院全体で厳しくチェックするはず。そんなバレやすいことをわざわざするとは思えないのです」

「それもそうですね……」

早送りしたなら薬剤の減りは早くなる。もし早送りをしていなかったら、薬剤の残量を見れば分かってしまう。そう考えると、早送りの無視は不可能と言える。ではどういうことなのだろう。なぜすずさんの痛みは治まらなかったのだろうか。

私は頭を抱えて考え込む。ふと隣を見ると、九条さんはどうも悩んでるように見えないことに気がついた。

「もしかして、九条さんは分かってるんですか？」

「一つ仮説を立てています。まだ確定ではありません。そのために伊藤さんに調べ物をしてもらっています」

「伊藤さんに、ですか……」

「彼は虫も殺さぬ顔をしていますが、仕事に関しては私も引くくらいのことをしてきますよ」

「え、あの伊藤さんが？」

子犬みたいな愛嬌のある童顔でニコニコしてるのに、そんな凄いことをするだなんて、全く想像つかないのだが。一体何を調べているというのだろう。聞こうとしたが、九条さんが先に口を開く。

「しかし、伊藤さんが調べ上げるものにも限界があるのは事実です。今回の事件の真相を暴くのに、果たしてどう攻めるか……どのみち今夜は動けません。名取看護師もいませんしね。黒島さん、寝てもいいですよ。昨日も遅かったんですから」

「え、遅かったのは九条さんもじゃないですか」

「私は昼まで寝てましたから」

そうだ、この人昼まで寝てて起きなかったのだ。とはいっても、さっきあんなことがあったので、恐怖感が残ってしまっている。私は俯いて言う。

「いや……寝るのが怖いといいますか……」

「寝ないと体力が持ちませんよ。ほんの数時間でも」

「そうですけど……」

私が困ったように視線を泳がすと、突然九条さんはパッキーを一本取り出し、私の口に突っ込んだ。急なことに驚いてむせそうになる。

「なんれすか急に！」

「落ち込んでる時は甘味が一番ですよ。食べてください」

悩んでる相手にお菓子って、子供じゃないんだから、と呆れたが、とてもこの人らしいと思った。人とはズレているけれど、彼なりに私を励まそうとしてくれているのは分かる。ありがたく受け取ろう。だが、励まし方が独特すぎて、少しだけ笑ってしまった。

「ふふ、ありがとうございます。ではありがたく頂戴します」

お言葉に甘えてパッキーを齧った。まさにその名前の通りパキッといい音が響く。

「久々に食べました。美味しいですね」

「久々……？　あなた普段何を食べてるんですか」

「えっ、普通の物を食べてますけど……」

「あなたはもう少し甘いものを取るべきですね」

彼は真剣な眼差しでそう言うと、改めて私に向き直った。

「もしまた入られるようなことがあったら、私が起こしてあげますから。あなたは寝てください」

そう話す九条さんの表情はどこか柔らかく、私の心はすっと穏やかになった。そして一つ頷くと、机に突っ伏して寝てしまったのだった。

＊

　夜が明ける。目を覚ました時、窮屈な体勢で寝ていたせいか体の節々が痛んだが、気分はすっきりしていた。目の前には、眠そうな様子は一切ない九条さんが座っていた。

　私が寝ている間にも、九条さんは色々働いていたようだった。調べ物をしたり、伊藤さんとメールをしたり、看護師さんと話したりしていたという。私は慣れない展開に疲れてしまい一人で爆睡。嫌な夢も見ず、比較的気分よく朝を迎えた。

　まだ日も昇り切っていない早朝五時。九条さんを部屋に残し、一人歯ブラシを持ってトイレへ向かった。朝というだけで病院の不気味さはまるでない。人気もないし薄暗いけれど、どこか爽やかさを感じるほどだった。朝日の偉大さを思い知る。すでに看護師さんたちは忙しく歩き回りながら仕事をこなしており、やはり頭が上がらないなぁなんて感心する。

　トイレで歯磨きと洗顔を済ませ、会議室へ戻ると、九条さんは座ってパソコンを眺めていた。私は歯ブラシをしまいながら尋ねる。

「九条さんは眠くないんですか。私ばっかりぐうぐう寝ちゃって」

「いえ、特に眠くはないですし、あなたが入られた経験がなければ、今回ここまでスムーズに事は進みませんでしたから」

「え、もうすずさんが怒っている原因が判明したんですか⁉」

私は食い気味に九条さんに聞いた。彼は少し考えるように口元に手を当て、困ったように唸った。

「状況的に私の仮説は正しい可能性が高いですが……今のところ証拠がない」

「証拠……ですか？」

「ですが、十中八九間違いないと見ています」

「それで……すずさんをどうやって鎮めるんですか？」

一番重要なのはそこだった。すずさんの残した思いが分かったとして、そこからどうするのか。名取さんに原因があるとしたら、彼女が謝ればいいのだろうか。

「黒島さん、私は霊を祓うといったことは出来ませんが、供養は出来ます」

「……はあ」

「霊の声が聞こえるという私の特性を活かして供養します」

「でも、すずさんとは会話にならないんじゃ？」

「恨みと怒りで我を失っていますからね。だからこそ、彼女が怒る理由を知る必要があったんです。無闇に話しかけても無駄ですが、核心を突いて声を掛ければ伝わることがありますから」

正直なところ、今まで霊と関わらないよう過ごしてきた私には想像がつかない。でも、どこか決意したように話す九条さんの横顔を見て、それ以上は何も聞けなかった。


日勤帯になり、看護師たちがまた交代する。中には名取さんもいた。だが九条さんは、まだ待つ時だと断言した。私は彼に従うしか出来ないので、言われた通りに待機する。

今日も白衣を羽織ってナースステーション奥の休憩室に入らせてもらった。その間何度か麻薬の保管庫の鍵は開け閉めされたが、特に問題なく鍵は使えるようだ。

何もすることがなく手持ち無沙汰の私はソワソワするも、九条さんはただぼーっと椅子に座っている。さすがに眠いのかもしれない。これまた『難しい病気の患者のオペを済ましてきた医師です』みたいに見えてくるので、人って結局顔が大事だな、なんてどうでもいいことを考える。

時間が経ち昼前になった頃、突然九条さんが声を出した。

「もういいですね」

もはや暇すぎて、空腹と眠気に悩まされていた私は驚いて顔を上げる。九条さんはゆらりと立ち上がり、肩を回して体を伸ばした。私も慌てて立ち上がる。

「ど、どうするんですか」

「名取看護師を八一〇号室に連れていきましょう」

「あの部屋ですか……」

「責任者である田中さんにも声を掛けましょうか。今回の場合、あちらの上司もいてもらわねば困る」

結局彼は、私に事の真相を話してくれていないのだが、もう仕方ない。このマイペース男についていくと決めたのだから、追及するのは諦めた。

私が何も言わないでいると、九条さんが休憩室のカーテンを開ける。するとすぐ目の前で、偶然にも名取さんと田中さんがパソコンを見ていた。

「名取さん」

「はい？」

振り返る名取さんは相変わらず美人で、化粧もしっかり施されていた。ニコニコと愛想のいい顔で答える。

「何か？」

「少しお話ししたいことが。ああ、田中さんもお願いします。ここではなんなので場所を変えましょう」

二人はキョトンとして顔を見合わせた。不思議そうに私の方を見てくるが、私もよく分からないので、とりあえず愛想笑いをしておく。

二人は渋々といった様子で手元の仕事を切り上げ、九条さんに続きナースステーションを出た。八一〇号室に向かって四人が縦に並ぶようにして廊下を進む。すぐに到着したその部屋は、昨夜私が見たままの状態だった。あの鮮明すぎる夢を思い出し、つい反射的に拳を握る。ここで私は縛られて、痛みと闘ったのだ。

九条さんは中に入り、どうぞと二人を促した。ゆっくり入室したところで最後に私が入り、部屋のドアを閉める。今日は部屋の中は爽やかだった。窓から青空と白い雲が見え、窓は閉め切っているというのに、外の風すら感じそうなほど穏やかな空気が流れている。昨夜とはまるで別世界のようだ。

なんとなく居場所に困った私は、九条さんと少し距離を取りつつも隣へ移動した。不安で彼を見上げるが、特に何も変わりない顔だった。九条さんは二人を見て、淡々と話し始める。

「単刀直入に言います。今回の摩訶不思議な現象の原因が分かりました」

「原因……？」

田中さんが緊張した面持ちで見てくる。九条さんはズバリ結論を述べた。

「病棟に居付く霊がいます。名は神谷すず」

「神谷さん⁉」

意外そうに田中さんが目を丸くした。認知症の高齢者が原因というのは、予想外だったのかもしれない。九条さんは大きく頷いた。

「神谷すずさん。認知症を患い、末期癌で痛みのコントロールをされていた……そうでしたね」

「ええそうですよ。でも神谷さんとはトラブルなんてありませんでした。おっしゃる通り認知症で……」

「認知症で何も分からないと思ったら大間違い、ってことです。名取さん」

突然その名を呼んだ。どこか厳しい九条さんの声に、名取さんが顔を上げる。無表情のまま真っ直ぐにこちらを見る。

「あなたが受け持ちの日に限って、神谷すずさんの痛みの訴えが多かったのはなぜですか」

その質問に対し、彼女はまるで動揺しなかった。ニコリと笑い、常識ですと言わんばかりに説明する。

「疼痛はその日によって違いますよ。患者様の気分や天気にすら左右されますし、たまたま私の受け持ちの日に痛みが強かったんでしょうね」

　堂々とした態度にも、九条さんは戸惑わない。

「神谷さんは麻薬の投与をされていましたね」

「そうでしたね」

「痛みの訴えが強い時は医師の指示のもと、早送りをする」

「よくご存知で。もしかして、私が意地悪して早送りしてあげなかったと言いたいんですか？　そうなれば使用量と残量にズレが生じるからすぐバレてしまいますよ」

「ええ、あなたはちゃんと早送りしていたと思いますよ」

「よかった、変な疑いをかけられるのかと」

　コロコロと笑う名取さんを見ながら、私はふとどこか違和感を覚える。じっとその姿に注視してみる。綺麗に纏（まと）められた髪、しっかりと施（ほどこ）された化粧、すっと伸びた手足。相変わらず綺麗な人なのだが……

「私が言っているのは早送りについてではなく……麻薬そのものに関してです」

　名取さんから笑みが消え、無表情で九条さんを正面から見据える。食いついたのは田中さんだった。

「どういう意味ですか？　はっきり言ってください。名取は真面目で優秀なスタッフですよ。変な言いがかりなら——」

「でははっきり言います。名取さん、点滴を新しいものと交換する時、麻薬の入っていないものとすり替えたのではないですか？」

「……えっ？」

声を漏らしたのは私だった。驚きで九条さんを見るが、彼は至って真剣だ。麻薬の入っていないものとすり替えた、ということは、すずさんには麻薬が投与されていなかったということか。

「早送りしても効果はない。繋（つな）がってる薬剤そのものが麻薬ではなかったんですから」

「え……じゃあ麻薬はどうしたんですか⁉」

私が尋ねると、彼はこちらを見て丁寧に答えてくれた。

「神谷すずが使用していたのはモルヒネ。一般的にもメジャーな麻薬です。過剰投与により死をもたらすこともある危険な薬で、一般人には手に入りません。もし売ったら高く取り引きされるのでは？」

「まさか！」

叫んだのは田中さんだった。厳しい声に私は萎縮（いしゅく）してしまう。田中さんは怒りに震えるように強く言った。

「麻薬は使う際、注射器に移し替えます。元々麻薬が入っていた容器は病院へ返さなくてはなりません。それほど管理が厳しいんです。注射器に移し替えるのはナースステーションでやりますし、その麻薬を持ち帰るだなんてこと……」

「患者に繋げる時はどうなのです。注射器に移し替えた後、繋げる直前に前もって用意していた別のものを繋げてしまえば分からないのでは？　神谷すずは個室でしたし、この病棟は点滴のダブルチェックすらしてませんよね。繋げる時、第三者がいましたか？」

ぐ、と田中さんが押し黙る。返す言葉がないようだ。つまり、九条さんが言っていることが正しいのだろう。

ということは……元々すずさんに投与するはずの麻薬を盗んでいたということ？

唖然として開いた口が塞がらない。これが真実だとすれば、すずさんが痛みを訴え続けていたのは納得出来る。早送りしたって意味はない。でも、そんな酷いことを本当にこの人がしていたのだろうか。あんなにいい人そうなのに。

答えを聞きたくて、名取さんの顔を再び見た時はっとした。先ほど感じていた違和感に気づいたのだ。

彼女の肩に、芋虫が乗っていた。うねうねと動きながら肩の上で踊っている。彼女はそれに気づきもしない。

じっと目を凝らしてみると、それは芋虫ではなく、人の指だった。

九条さんは芋虫に気づいていないのか、そのまま話を続ける。

「簡単にですが、名取さんについては調べさせて頂きました。あなた、借金があるようですね」

その発言に再びぎょっとして、私は名取さんを見る。まさか伊藤さんに調べてもらっていたこととはこれだったのだろうか。どうやってそんなこと一般人が調べられるのだろう。あの無害そうな笑顔を思い出して、少し怖くなった。

初めて名取さんの眉が少し動いた。肩の上の指がまだ踊っている。

「どこでそんなことを？　知らぬ間にコソコソ調べられるのは気分が悪いです」

「それに関してはすみません」

まるで気持ちのこもっていない謝罪を述べた九条さんは、なおも続ける。

「認知症で会話もままならない神谷すず相手なら出来ることです。彼女からすれば、本来投与されるはずの痛み止めが盗まれていたなんて、恨みを持つのに十分な理由だと思いませんか。それがこの病棟の保管庫の鍵を開けさせなくさせる原因です。むしろ、鍵ぐらいで収まってることに感謝すべきですよ」

「勘弁してくださいよ。私そんなことしていません。たまたま受け持ちの日に神谷さんの痛みの訴えが多かっただけで、こんな屈辱……借金はありますけど、名誉毀損ですよ」

名取さんは堂々とした態度で言った。口元には卑しい笑みが浮かんでいる。言わなくても分かる。『そんな証拠どこにもない』ってことだ。神谷さんはもう亡くなっているし、病室の中には監視カメラなんてない。しかし……

私はじっと目の前の名取さんを見据える。

あの姿が見えない人たちは恵まれていると、私は思う。名取さんの肩に乗っていた指はとうとう後ろから這い出てきた。異様に長い腕がゆっくりゆっくり彼女の肩の上をズルズルと動く。同時に、白いナース服のパンツに何かが巻き付いた。

それは足だった。決して離してなるものかという、強い意思を感じる。こんな状態でも名取さんは気づかず、不敵な笑みを浮かべている。これほど恨まれているのに。

真っ白で生気のない腕と足が徐々に彼女を締め付けていく。その光景は、私にとっては悲しいものだった。九条さんの言っていることは間違いじゃない。だからこそ、罪を認めない名取さんに怒っている。恐怖そのものの光景だというのに、切なく見えた。

体を縛られて、痛みにもがいたあの夢が蘇る。辛くて怖くて恨んだ。なぜ自分がこんな思いをしなくてはいけないのかと悩んだ。その気持ちが……私には、分かる。

「名取さん……認めて謝ってあげてください。神谷さん、あなたの後ろにいます……」

つい涙声で話しかけた。腕はもはや名取さんの首を絞めていたが、それでも彼女は何も気づかず「はあ?」と私に敵意を向ける。

「そうやって怯えさせて吐かせようってこと? とんだ詐欺ですね。怪奇現象の改善とか胡散臭いと思ってたけど、やっぱりそうだ。いい加減にしてもらえます? 私そんなんでビビりませんけど」

笑う名取さんの小さな顔の背後から、ついに誰かがこちらを覗く。私は息を呑みながらも、目を逸らさずそれを見た。グレーの髪、青白い肌、凹んで瞳孔が大きく開いた目。ポカンと開けた口から、数本の黄色い歯が見えた。まるで名取さんを食べようとしているようだ。表情も何もないその顔からは、ただ憎しみだけが伝わってきた。

ああ、ようやく見えた、神谷すずさんの顔。

その顔を見て思う。この人はもう少しで、『霊』から『もっと悪いもの』へと変わってしまう。ただ恨みに固められ人を攻撃するだけの存在になりかけている。なんて悲しく、虚しい。病気になって苦しんで、更にそれを緩和するはずの麻薬も使われず痛くて。そんなの、恨んでもしょうがないと思ってしまう自分は甘いのか。

声を掛けようとした私を、九条さんが手で制した。彼もじっと名取さんの背後にいるモノを見つめている。そして、やや怒りのこもった目で名取さんを見据えた。

「神谷すずに関してはなんの証拠もありません」

「ね？　そんな憶測で言われても――」

「あなた、今日の受け持ちに、神谷すずと似た患者がいますね」

ピタリと名取さんの動きが止まる。初めて、彼女は顔色を変えた。

「他の看護師さんに教えてもらいました。麻薬を使用中で認知症または意識混濁のある患者さん。数人分この一晩でカルテを熟読しましたが、神谷すずと同じように、あなたが受け持ちの日は痛がったり暴れたりすることが非常に多い」

名取さんはみるみる顔を青くさせた。それが全ての答えだと思った。その様子を見て、九条さんは目を細めて言った。

「あなたが午前中に交換した点滴の中身。こちらで成分を確かめさせてもらってます。あと少しで結果が出ますよ。それとも、あなたの荷物の中やポケットの中身を調べた方が早いですか」

名取さんは何も言わず、目線を泳がせる。それに気づいたのは、私や九条さんだけではなかった。

「な、名取……!?　あんた、ねえ!?」

　田中さんが名取さんの肩を揺さぶる。それでも彼女は何も答えない。目をまん丸にして青ざめた田中さんは、名取さんの手を強く引いた。彼女は呆然としたまま、田中さんに引きずられる。名取さんの背中には、もう誰もぶら下がっていなかった。あの恐ろしい顔をしたすずさんは、いなくなっていたのである。

　私はほっとした。あの様子では、名取さんの手荷物の中には、言い逃れ出来ない証拠があるのだろう。罪が明らかになったも同然なので、すずさんも満足したのかもしれない。あのままだったら、きっとすずさんは恐ろしいものに姿を変え、誰かを攻撃してしまう可能性が高かった。

「よかったですね、九条さ――」

　言いかけた時だった。病室を出かかった名取さんは、突如田中さんの手を振り払った。そして、今までの彼女の顔とは全く別人のような、恐ろしい形相でこちらを振り返る。目が吊り上がり、悔しそうに歯を食いしばっているその様は、まさに般若(はんにゃ)のような顔だった。

「何が悪いのよ！」

　そう叫んだ彼女に、私と九条さんは呆気にとられた。髪が逆立ちそうなほど怒っている名取さんは、私たちに唾をまき散らしながら叫ぶ。

「老い先短いだけじゃなくて、会話の受け答えすらまともに出来ない人間に、高価な薬剤使うなんてもったいないじゃない！　それにこっちはいつも世話してやってんのよ。時々薬をもらったからって何が悪いのよ。どうせ本人は分かってないのに！」

肩で息をしながら、名取さんは血走った目で叫んだ。田中さんは唖然として名取さんを眺めている。名取さんはなおも続けた。

「私がいなくなれば困る人はたくさんいるんですよ？　もういなくなったばあさんなんてどうでもいいじゃない。幽霊がいるとか嘘ついてまで、私を追い込む必要がありますか？　ああ、お金ですか。結局はそこですよね。分かりました。口止め料は用意しますから、それでいいですね？」

腕を組み、私たちを嘲笑うかのように見る。彼女の豹変ぶりに驚いていたが、すぐに怒りがこみ上げた。人間とは思えぬ、薄情で人を軽視した彼女の発言。全てが理解しがたいものだ。

「謝ってください」

気がつけば、低い声が自分の口から漏れていた。

すずさんに入られた時の痛みや絶望が蘇り、いっそこの人にも体験させてやりたいと思った。認知症ではあったものの、彼女の心の中には痛みだって悲しみだって存在していた。だからこそ、死んでからも忘れられずここに残っている。そんな悲しい人を、あんな風に言うなんて信じられない。怒りで全身が震えそうになる。

私は名取さんに一歩近づいた。

「すずさんに謝ってください。あなたのせいで、酷い痛みを味わったんですよ。それに、認知症だったからといって、彼女の尊厳が失われていいはずがない」

自分でも聞いたことがない声だと思った。それほど、今私は怒りに満ちている。一瞬名取さんはたじろいだが、すぐに笑った。

「そんな綺麗事いらないって。あ、それとも幽霊が視えちゃうあなたには、怒ってるすずさんが視えるんですか？　どこよ、どこにいるの。幽霊が視えるなんて虚言で人を騙そうとする人間が、何を説教垂れてるの」

名取さんはつかつかと私に近づき、挑発的に顔を覗き込んだ。カッとなり彼女に掴みかかってしまいそうになるが、握り拳を作ってなんとか抑える。なお相手は続ける。

「私たちが普段どれだけ大変な思いをしてるか知ってるんですか？　何も知らないくせに突然現れて綺麗事言って。本当にタチが悪いんだから」

怒った私が口を開く前に声を出したのは九条さんだった。

「あなた方は素晴らしい仕事をしていますし、その苦悩は我々には理解出来ません。ですが、一つだけ明確なことがあります。ほとんどの看護師たちはプロ意識を持って業務に携わっている。それをあなたみたいな人間が、全てを台無しにしてしまうかもしれないんですよ」

静かに、でも怒りが込められた声だった。どこか冷たさも感じられる九条さんの声が、なんだか私は嬉しかった。一緒に怒ってくれた、そう感じたのだ。

だがすぐ、彼の表情が変わる。こちらを見て、固く口を結び息を呑んだ。その視線が私たちを通り越していることに、すぐに気がついた。勢いよく振り返ると、不信感を露(あら)わにする名取さんの顔の向こうに、何かがいた。

それは出入り口の扉の前で、こちらをじいっと見ている。眼球が零れ落ちそうなほど見開かれた瞼(まぶた)。怒りで名取さんを睨(にら)みつけるすずさんの背中から、何か黒いものが立ち上っていた。それは説明しがたいほど嫌な感じのもので、禍々(まがまが)しく、恐ろしいモヤだった。

しまった、と心の中で思う。名取さんの行ったことが公(おおやけ)になったことで、すずさんは一旦離れたというのに、あの発言で怒りが再燃してしまっている。恨みで我を見失いそうになっているこの状態は、非常に危ない。

次の瞬間、すずさんの手がにゅうっと異様なほど伸び、名取さんを襲おうとした。当の本人はまるで気がつかず、未だ私たちに文句を垂れている。それを見た途端、体が勝手に動き、名取さんを庇うようにして両手を広げ、立ちはだかっていた。すぐ目の前まで来ていた青い手が、ぴたりと止まる。

「黒島さん！」

九条さんの声が聞こえたけれど、何も返すことが出来ない。視界には、皺の一つ一つが見えるほど至近距離にすずさんの手がある。かさついて水分のない乾いた手だ。それを見つめながら、私は小さく震える声ですずさんに言った。

「駄目ですよ……いくら憎くても、相手を攻撃しては。あなたが安らかに眠れなくなるかもしれません……私は分かります、すずさんの苦しみ。あなたが見せてくれたから。でも、どうか手を引いてください」

憎みたい気持ちは分かる。相手を攻撃したい気持ちも分かる。でも、そうしたら、すずさんがもう元に戻れない気がした。私は彼女にそんな悲しい存在になってほしくない。

気がつけば、隣に九条さんが来ていた。彼は厳しい顔ですずさんを見つめたまま名取さんに言った。

「あなたみたいな人間のクズには、何を言っても無駄なようです。私たちはお金が欲しいわけではありません。このまま告発されれば、あなたは犯罪者ですし職も失う。今後幸せな道など歩めるとは思わないでください」

「何を……」

「すずさん、残念ですが改心出来ない人間はいるものです。それでも、必ず天罰は下ります。あなたが直接手を下す必要はないんです」

少しゆっくりとした口調で、九条さんはすずさんに言った。しばし沈黙が流れる。その後、すっと手が引かれた。そしてすずさんの霊は、一瞬で消えてしまった。誰もいなくなったそこを、私と九条さんは静かに見つめる。

私の気持ちを、九条さんの言葉を、理解してくれたんだろうか。あれほど怒りに染まってしまった存在でも、人としての感情が少し残っていたのかもしれない。

「何よ何よ、変な芝居して、頭おかしいんじゃないの！」

未だ喚く名取さんを、九条さんは顔を歪めて振り返る。そして、ずっと立ち尽くしていた田中さんに言った。

「とりあえずこのうるさい人を連れて証拠を見つけに行ってくれませんか？　正直に言いますが、救いようのない人間なので目障りです」

本当に正直だな、と感心するくらいストレートだ。

田中さんはハッとし、一度私たちに頭を下げると、名取さんの腕を引っ張って、病室から去っていく。このまま証拠品を見つけに行くのだろう。すでに自供したようなものだが。

「……はあ〜……」

私は大きなため息をついてその場にしゃがみ込んだ。

またえげつないものを見ちゃったし、まさかこんな展開になるなんて思ってなかった。いい人そうに見えていた名取さんが、そんなことをしていたなんて。言わずもがな犯罪だ。医療従事者として人として、彼女は許されないことをしたが、明らかになってよかった。私は九条さんを見上げて言う。

「驚きましたけど、名取さんの悪行が公になったのはよかったですね」

てっきりそうですね、という言葉が返ってくるかと思っていたが、待っていたのは私への苦言だった。

「なぜ庇うようなことをしたんですか。今回はすずさんに人間の心が残っていたからか、たまたま止まってくれましたが、危ないところでしたよ」

「あ、あれは」

「あんな人間、庇う価値はありません」

きっぱりと言い切った彼に、少し笑う。立ち上がり、私は言った。

「私が庇いたかったのは名取さんじゃなくて、すずさんです」

悲しい霊に、人間を攻撃なんてしてほしくなかった。悪しきものに変わろうとしていた彼女が、あのまま名取さんを攻撃していたら、間違いなく言葉も届かない存在になっていただろう。そんな最後はあまりに悲しい。

九条さんはふうと息を吐く。

「お人よしですね。ですがまあ、あなたはそういう人なんだろうと、最初に会った時から思っていました」

「最初に会った時から？」

「あなた、あのビルで飛び降りる霊に出会った時、最初は生きてる人間と間違えて止めようとしたでしょう」

言われて思い出す。あのロングヘアの霊のことだ。

「止めようとしたっていうか、反射的に……」

「自分は死ぬためにあそこに行ったのに、目の前で死にそうになっている人間は助けようとしたんですね」

言われて言葉が返せなかった。それは暗に、『自殺なんて駄目なことだと、頭では分かっていたんだろう』と指摘された気がしたのだ。私は押し黙る。すると、九条さんは少しだけ柔らかな声で言った。

「でも、誰かのために動ける人間は、素直に感心します」

そう言った彼は、ほんの少しだけ口角を上げて私の顔を覗(のぞ)き込んだ。彼のそんな優しい表情に驚き、不覚にも胸が高鳴ってしまった。元々顔立ちはとても綺麗な人なので、その破壊力たるや。思った以上に優しく、綺麗な微笑みだ。

この人もっと笑えばいいのに。あと身嗜(みだしな)みもちゃんとすればいいのに。ご飯もちゃんと食べればいいのに……いけない、挙げ始めたらキリがない。

「……ま、これで荷物を調べれば証拠も出てきますかね」

彼はぽつりと呟く。私はときめいてしまったのを誤魔化すように言う。

「よく点滴の中身なんて調べられましたね。どうやったんですか？　科学者に知り合いでも……」

「ハッタリですよ」

キッパリと言った彼に、ぎょっとする。九条さんは私のことを見下ろし、どこか悪戯(いたずら)っぽく目を細めた。

「患者に繋がった点滴の中身を取ってくるなんて、私も出来ませんよ。そもそも午前中ずっと黒島さんと一緒にいたでしょう？」

その発言に、パクパクと口を開けた。そんな私をよそに、彼は続ける。

「それに、神谷すず以外の患者の麻薬も盗んでいたことは間違いないとは思ってましたけど、実際今日も実行するかは分かりませんでした。さすがに毎回盗んではいなそうだったので」

「一か八かだったんですか……もし今日盗んでなかったらどうするつもりだったんですか⁉　名誉毀損で訴えられてたかも！」

どちらかといえば慎重派な私としては信じられない賭けだ。調べてきたこと全てが無駄になるかもしれなかったではないか。一歩間違えれば私たちの立場も危うかった。

しかし九条さんは、ぼんやりとしながらこう言った。

「私は賭けたんですよ。神谷すずの恨みの気持ちに」

「え……すずさん？」

「無念を晴らせるかもしれない今日、私が神谷すずなら、名取看護師の心に入って盗ませますね。悪意のある霊は、少しなら人の心を操れるからです」

その言葉に、私は納得してしまった。一つ小さな息を吐き出す。確かに、力のある霊は人の心まで動かす力がある。普段から罪悪感なく盗みを働いていた名取さんに、今日盗みを行わせることは、すずさんにとって容易だったのかもしれない。となれば、こういう結果になるのは必然だったのか。

ふと、九条さんが振り返ったので、私もそちらに視線を向けた。その光景を見て一瞬息が止まる。

そこには、ベッドに腰掛けている老人がいた。グレーの髪、白い肌、瞳は小さな一重。小柄で猫背なその人は、皺の深い顔のごくごく普通の女性だった。白いパジャマを着て、力なくベッドに座っていた。

「……うそ」

驚きのあまりつい呟く。さっき名取さんの背後にいた時とはまるで別人だったからだ。悪意のオーラも伝わってこない、普通の霊だった。九条さんが私を覗き込む。

「どうしました」

「さっき名取さんの後ろにいた時は恐ろしい顔していたんですが……今は、穏やかになってます。普通の人みたい」

九条さんは隣で納得したように頷くと、小さな声で言う。

「そうですか。私にはシルエットしか視えないので……もしかしたら、あなたの誠意が伝わったのかもしれませんよ」

「え、私？」

「ええ。体を張って自分を止めてくれる誰かがいれば、人は冷静になれるものですから」

そして、すずさんに向かってゆっくりしゃがみ込んだ。彼からは黒い塊のようにしか見えていないすずさんは、何も反応することなく座っていた。

「どうですか。あなたの思い残したこと、解決しましたか」

九条さんのゆっくりとした丁寧な口調に、ピクリとすずさんが反応した。息をするのも忘れてそれを見る。

霊という存在と意思疎通出来るなんて、今まで知らなかった。すずさんには確かに聞こえている。九条さんの言葉に反応したのだ。目の前の光景に驚き、感激した。

「ここにいてもあなたは辛くなる一方です。そろそろ上へ昇ってはどうでしょう。次に生まれ変わる術（すべ）があるかもしれませんよ」

不思議なことに、九条さんの声は響いて聞こえた。ただの小さな個室の部屋に、エコーがかかっているよう。それはとても心地よく、温かな声だった。緊張からいつの間にか手を強く握りしめていた私は、汗をかきながらその光景を見守る。

すずさんはしばらく何も反応がなかった。しかし、すっとベッドから立ち上がると、彼女はまるで本当の人間みたいに小さな歩幅で歩み、部屋の扉へと向かった。そして一度だけこちらを見て、僅(わず)かに微笑む。

あ……行っちゃうんだ。

小さな老人はゆっくりと部屋から出ていった。その先はどこへ進んだかは分からないが、きっと温かな場所であると信じたい。あれほどの痛みと苦しみに襲われていた人だ、これからは安らかに眠れますように。

気がつけば目からは涙が溢(あふ)れていた。どこか切なく、悲しく、神々(こうごう)しい光景で、私の心を強く揺さぶる。

「……出ましたね」

九条さんが呟く。頬を流れた涙を適当にぬぐい、私は彼を振り返った。

「凄いです九条さん……すずさん、びっくりするくらい穏やかな顔してました。あんなに穏やかな顔をした霊、初めてかも……」

「そうですか」

「あんな可愛らしい女性が悪いものに変わるなんて辛いです。すずさんが元のすずさんに戻ってよかった……」

「多分これで怪奇現象は収まるでしょうね」

正直、不思議な現象を解決出来たことより、すずさんが穏やかになってくれたことの方がずっと嬉しい。あの最後の優しい顔が全てだと思った。

「……あなたのおかげですよ」

不意にぽつんと言った九条さんを見上げる。

「黒島さんは入られたせいで大変な思いをしたと思いますが、あなたの経験なくして解決出来ませんでした。最後の度胸ある行動も」

「そ、そんな……」

「あなたを誘ってよかったです」

自分のこの不思議な力が、何かの役に立つだなんて思ってもいなかった。邪険に扱われ、変人だと笑われた人生だった。

……それでも、すずさんの最後の優しい顔を見て、少しだけこの力があってよかったと思えた。彼女を苦しみの闇から救い出す手助けが出来たなら。

そこまで考えて、私はあることを思い出す。

「あ、そういえば」

「なんです」

「麻薬の保管庫の鍵が開かなくなるのは、すずさんなりの名取さんへの抵抗だったと分かりますが、救急カートの鍵はなぜでしょう？　鍵繋がりですか？」

　私が尋ねると、九条さんは腕を組んで考えた。

「これは私の憶測ですが、神谷すずは認知症もあり、延命治療をしないという判断は家族がしていたと思います。末期癌ですし、その判断は当然だと思いますが……本人は、少しでも生きたかったのかもしれませんね」

　九条さんの言葉が、私の胸に突き刺さる。つい彼から目を逸らし俯く。

　痛みも強く、拘束され、辛かった毎日。でも彼女は一日でも長く生きたかったのだろうか。家族がいたり、愛する者がいたんだろうか。

　私は病気でもないし、まだ若い。なのに、それを自ら放棄しようとした。生きたくても生きられなかった人だっているというのに。後悔と、悲しみと、言いようのない複雑な思いが絡まってほどけない。

　拳を握ってそっと胸に抱いた。自ら命を絶つことが愚かな行為だと私は知っている。ただあの時どうしても、この世界を捨ててしまいたかった。もう自分の味方が一人もいなくなってしまったからだ。でも、同じ能力を持って気持ちを分かってくれる人がいるなら——

　九条さんに話しかけようとした時、廊下から慌ただしい足音が聞こえ、田中さんがドアから顔を出した。その表情は青ざめ焦っている。それだけで、名取さんの罪が明らかになったことが分かった。荷物から証拠が出てきたのだろう。

「あ、あの……九条さん」

田中さんが震える声で呼びかけてくる。見れば背後に、五十歳くらいの看護師がいた。その人もまた、顔色を悪くしてこちらを見ている。二人は私たちが返事をする間もなく、部屋に入ってきて凄い勢いで頭を下げた。

「お願いします！　名取のこと……院長に……丹下には言わないでもらえませんか⁉」

「……は、はい？」

予想外の言葉に、私は変な声が出てしまう。しかし隣の九条さんは、ポケットに手を入れたまま無表情で二人を見下ろしていた。田中さんの隣にいた女性が頭を下げたまま言う。

「申し遅れました、私が師長です。今回は鍵が開かないということからまさかこんなことに……どうかその、名取にはこちらから厳しく言っておきますので、内密に出来ませんか……」

「そんな！」

つまりは隠蔽(いんぺい)するということか。私は二人を幻滅の眼差しで見つめた。さっき名取さんもそう提案していたが、まさか上司二人まで。田中さんは顔を上げて、言いにくそうに述べた。

「確かに名取のポケットから注射器が出てきて……本人も認めました。麻薬の点滴を生理食塩水が入ったものとすり替えて盗んでいたようで……」

「ですが、彼女は魔が差しただけで！　普段は優秀な看護師ですし、その、どうにか……」

必死に言い募る師長さんに呆れる。麻薬を盗んでいたなんてれっきとした犯罪なのに、それを責任者二人が隠そうとしている。魔が差した、なんて、何度も繰り返し行っているのにそんなの通用するわけがない。

隣にいた九条さんは眉一つ動かさず言い捨てた。

「まあ、責任を問われるのは名取看護師だけでなく、あなた方もですからね。ずさんな管理体制が公(おおやけ)になる」

二人は言い返せず口籠った。彼はなおも続ける。

「魔が差したと言いますが、名取看護師は初犯ではないでしょう。まあ今までのことに関しては証拠がないと言われればそれまでですが。今回の事件解決のあらましは、依頼者である丹下さんに説明する義務がありますので、その願いは受け入れられません」

キッパリと言った九条さんに同意するように、私は大きく頷いた。誰に頼まれようと、隠蔽なんてするつもりはない。何よりすずさんが報われない。

田中さんと師長さんはガックリ項垂れた。責任者としての苦悩は私には分からないが、九条さんが言っていた通りずさんな管理が原因の一つなのだから、二人も責任を負うのは仕方ないと思う。

「いやーはっはっは。こんな早く片付くなんて思っていませんでした、見事ですな」

頭髪の薄い頭を揺らして、丹下さんは豪快に笑った。

病棟を出て院長室へ足を運び、今回の事のあらましを説明した。無論、麻薬のすり替えに関してもだ。てっきり慌てふためくかと思っていたのに、彼は一瞬顔を歪めたものの、すぐに笑った。そしてうちの事務所に来た時はあれだけ怪しそうにしていたのに、私たちに称賛の言葉を投げ続けた。

私と九条さんは、いかにも院長という風情の椅子に腰掛けた男を前に、厳しい表情で立っている。

「男前で美人で仕事も出来るなんて素晴らしいですな！　若いのに大したもんです。これで看護師たちも安心して働けますよ」

私は違和感を覚えて九条さんを見る。隣の九条さんは相変わらずポケットに手を入れたまま立っていた。丹下さんは椅子から立ち上がり、私たちに近寄る。

「これで依頼は完了ですな。いや、ご苦労様でした」

「……あの！」

耐え切れず声を上げたのは私だった。思っていた疑問をそのままぶつける。

「名取さんの処分はどうするんですか？　今回のようなことがもうないようにしないと、また苦しむ人が……」

私がそう口に出した瞬間、丹下さんの表情が鋭くなった。その迫力に押されて、つい一歩下がってしまう。彼は頭をカリカリと掻き、低い声で言う。

「今回あなた方にお願いしたのは、鍵が開かなくなるといった不具合の対処でした。それ以外はお願いしてませんよ」

「……はぁ？」

私の口から呆れの声が漏れる。

「まあまあ。スムーズに解決してくれましたし、依頼料は弾みますよ。ね？　だから今回のことはこれにて終了。もうお帰りください」

丹下さんは卑(いや)しく笑いながら、九条さんの肩にポンと手を置いて言う。私は唖然としてハゲ親父を見た。

……こいつも隠蔽(いんぺい)しようとしているのだ。あの二人と同じように。私と九条さんに、お金を多く払うから全て忘れてくれと言っているんだ。痛みに苦しんだ患者さんがたくさんいるというのに……

無論納得出来ない私は、丹下さんを問い詰めようとする。

「あの！　そんなんじゃ神谷さんだって報われ――」

「分かりました」

私の言葉に被せて、九条さんが言う。驚いて隣を見ると、やや嫌そうに肩に置かれた手を払い、彼は続けた。

「そういうことなら、私たちはこれで失礼します」

ハゲ親父は満足そうに笑い、腕を組む。

「はい、お疲れさまでした」

「ま、待ってください。このまま帰るんですか、九条さん？　だって――」

「もう私たちがここで出来ることは終わりましたよ。黒島さん、帰りましょう」

「そんな……」

丹下さんは頷きながらニコニコと笑っている。僅かに残っている頭髪を引っこ抜いてやりたくなるが、そんな私の手を引いて九条さんは出口へと向かう。

「九条さん！　いいんですか⁉」

「では丹下さん。依頼料の支払いをよろしくお願いします」

「ええ、ええ！　もちろんですとも」

二人はそう会話を交わし、私は引き摺られるように院長室から出されてしまった。強い力に引っ張られてよろける私を振り向きもせず、九条さんは進む。私はなおも訴えた。

「く、九条さん、これで終わりでいいんですか！」

「これ以上ここにいても無駄ですよ」

「でも、これじゃあすずさんの霊も……」

言いかけて口を閉じる。廊下に出た私たちを、なんだなんだと見てくる人がいたのだ。声が大きすぎたらしい。一般人がいる中で、霊の話なんか出来ない。私が静かになったのを見て、九条さんが手を離す。スタスタ歩いていく彼に渋々ついていきながらその後ろ姿を睨みつけた。

隠蔽(いんぺい)をそのままにしておくなんて。九条さんは変な人だけど、なんていうか、ここぞという時はやってくれる気がしてたのに。勝手に抱いた理想を押し付ける私がいけないのだろうか。でもどうしても、納得がいかない。

私は小声で彼の背に話しかけた。

「なんとかならないんですか……」

「今出来ることは全てしました」

「あのままハゲの思う壺でいいんですか！」

「あなた、見かけによらず気が強いですよね」

「普通ですよ！　こんなの許せませんもん！」

「あのまま放っておいたら彼に掴(つか)みかかってたでしょうね」

「当たり前です！」

私の怒りをまるで気にせず彼は駐車場に入り、来る時に乗ってきた車へと近づいていく。それを見て、ああ本当に帰る気なんだ、とショックを受けた。この仕事、出来ることなら続けてみたいと少し思えた。でも、上司とこれだけ意見が分かれてしまっては長くは続かないだろう。

外は寒さで凍えそうだった。九条さんの黒いコートが風で靡(なび)く。吐き出した息は白く色を変えて空へと昇っていった。

青い。上はあんなにも。

「黒島さん、行きますよ」

車の鍵を開けた九条さんが私に呼びかける。とりあえず、事務所に荷物を置きっぱなしの私は一度戻る必要がある。重い足取りで車に近寄り、先に乗り込んだ九条さんをチラリと見て、私は助手席に乗り込んだ。冷え切った車のシートに体の熱が奪われる気がした。

九条さんはすぐにエンジンをかける。私は黙って俯いたままでいた。

「病棟の責任者も院長もあれでは、もう彼らにどうこうしてもらおうと思っても無理です」

隣で九条さんが言う。私はチラリとそちらを見た。

「……まあ確かに、皆で隠蔽しようとしてたから……部外者の私たちがどう足掻いても無理だとは思いますけど」

自分の無力さに打ちひしがれた。優しく微笑んでくれたすずさんに申し訳なく思う。結局これじゃあ、彼女の未練は晴らせてないではないか。ああ、せっかく……いい終わりを見られたと思っていたのに。

悔しさで唇を噛む私の隣で、九条さんはハンドルに腕を乗せたままこちらを見た。

「ええ、ですので、マスコミに撒き散らします」

「……はい？」

彼はいつもの表情でとんでもないことを言ってのけた。ついポカンと口を開けてしまう。九条さんは澄んだ黒い瞳で私を見ながら続ける。

「本来投与すべきだった麻薬を投与せず、看護師が懐に入れていたことも大きなニュースですけど、それを責任者たちが揃って隠蔽しようとしたことの方がマスコミは食いつくでしょうね」

「マ、マスコミ……⁉」

「そちらの方に知り合いがいますので」

さっきまで幻滅していた男が突然輝いて見える。男前だからじゃない。誤っていることを正そうとするその姿勢に私は感激したのだ。わっと喜びそうになり、しかしすぐに心配にもなる。

「でも九条さん、証拠何もないですよ……今日見つかった名取さんの手荷物の中の麻薬はきっと破棄されるだろうし、マスコミ信じてくれますかね……？」

私が肩を落として言うと、九条さんは何やらポケットをゴソゴソと漁り、何かを取り出す。なんだろうと首を傾げながら、彼の手の中を覗き込む。

それは、小さなボイスレコーダーだった。

彼が綺麗な指で操作すると、そこから声が聞こえてくる。

『名取にはこちらから厳しく言っておきますので、内密に出来ませんか……』

『確かに名取のポケットから注射器が出てきて……本人も認めました。麻薬の点滴を生理食塩水が入ったものとすり替えて盗んでいたようで……』

『まあまあ。スムーズに解決してくれましたし、依頼料は弾みますよ。ね？　だから今回のことはこれにて終了。もうお帰りください』

私はもうこれ以上開かない、というぐらいに口を開けて九条さんを見た。目も見開きすぎて、目玉が零れ落ちそうなほどだ。

この男、こんなものを忍ばせていたのか！　そういえば、確かによくポケットに手を入れていた。でもまさか、その中でこんな証拠を残していたとは思いもしなかった。

九条さんはレコーダーをしまう。

「依頼中はトラブルもよくありますからね。特に今回は依頼主の丹下さんが、元々こちらに対して懐疑的だったので、こういう時は録音は必須です。これがあればそれなりにマスコミも食いつきますよ。とりあえず注目させればいいんです、あとは世間が騒ぎ立てて真相は勝手に暴かれますから。警察だとこの録音だけでは恐らく証拠不十分で何も出来ないと思うので、今回の場合はマスコミの方が得策かと」

私は目の前の男の評価を変えざるを得なかった。寝るとなかなか起きなかったりパッキーばかり食べてるくせに、大事なところではちゃんとしているじゃないか。もはや悔しいほどに、かっこいい。私は称賛の言葉を投げた。

「九条さんって、やる時はやるんですね……。正直さっきまで失望してました」

「あなたの表情を見てそれは分かっていました」

「あは、すみません！」

「いいえ、正直だな、と感心していたところです」

口から漏れた笑いを堪える。車内はだいぶ暖まってきた。それは暖房のせいなのか、私の心がそう感じさせているのかは分からない。九条さんはシートベルトを締めながら、思い出したように言う。

「あ、でも、マスコミに流すのは、依頼料の振り込みを確認してからにします。バタバタして依頼料が支払われなくなったら困りますしね。もらうものはちゃんともらわないと」

そうキッパリ言った彼の横顔がなんだかおかしくて、私はまた声を出して笑ってしまった。

後日、週刊誌に載った麻薬すり替え事件について、記者会見を行うハゲ親父をテレビで見たのは、また別の話。

*

「あ、おかえりなさーい！」

事務所に入ると、ニコニコした伊藤さんの顔が見えた。相変わらず人懐こくて可愛らしい人だ。その顔を見るとこちらの頬も緩んでしまう。だが、忘れてはいない。彼は名取さんの借金のことまで調べ上げた凄腕だということを。敵に回さない方がよさそうである。

「ただ今戻りました」

と私が言う隣を、九条さんはするりと通り抜けて無言で中に入る。そして靴も脱がないままソファにどしんと横になり、すぐに寝息を立て始めた。私がここに初めて足を踏み入れた時のようだ。あの時はなんだこの人、と不審に思ったけれど、今はその光景を微笑んで見られる。夜もほとんど寝ずに働いていたわけだし、こうなるのは仕方がないことだ。

　伊藤さんは慣れた手つきで近くにある毛布を掛けると、私に申し訳なさそうに言った。

「ごめんね、調査中は泊まり込みが多いよって教えてあげるの忘れてて……色々なくて困ったでしょ？　届けようかとも思ったけど、勝手に荷物触れないしさ」

「あ、いえ。ありがとうございます」

　九条さんと比べてなんて気遣いが出来る人なんだろう……いやこれが普通か。丸一日九条さんと一緒にいて感覚が麻痺してきたのかもしれない。

「今回は早かったね。時には一週間とかかかる時もあるから」

「一週間……!?　九条さん、そんな時も着替えないいんですか!?」

「いや、そこまでになればさすがに途中で帰ってくるけど」

　ほっと胸を撫で下ろす。びっくりした。イケメンでもそこまで身嗜(みだしな)みに無頓着だったら本気で引いていた。私はたった一日でも困ったというのに。

　そう思った瞬間、自分の状況を思い出した私は、とりあえずお風呂に入りたい衝動に駆られる。それと、空腹だ。そんな私の様子に気づいたのか、気遣いの塊の伊藤さんは言った。

「あ、お風呂にでも行ってくる？　ここにシャワールームでもあればいいんだけどね。近くに銭湯あるから、帰ってきたらご飯食べられるように何か用意しとくよ」

「か、神……」

「あはは、初めての調査で疲れてるでしょ？　ゆっくりして～」

もはや拝みたくなるお人。九条さんと二人で仕事を続けていられる理由が分かる。多分伊藤さんじゃなきゃ無理なのだ。

「ではお言葉に甘えて、お風呂行かせてもらいます……」

「うんうん、いってらっしゃーい」

ひらひらと手を振る伊藤さんに軽く頭を下げて、着替えを取るため一旦部屋の奥へと入った。質素なベッドの上には、まだ開けていない自分の荷物が置かれている。伊藤さんと買い出しに行ってすぐに調査へ向かったので、そのままだったのだ。紙袋を一つ手に持った時、ふと当然のようにここにいる自分に少し戸惑った。

私には帰る家もない。死ぬつもりだったから、荷物は全て処分した。ここを仮住まいに、という九条さんの提案を受け入れたが、一体いつまでこうしてるつもりなのか。調査は一つ経験した。ここで働くと覚悟を決めるなら、家探しだってしなくてはならない。家電とかももう一度買い揃えて……多少の貯金はあるが、新生活を始めるとなれば全て吹っ飛ぶだろう。

いや、貯金なんかどうでもいい。大事なのは、生きてここで働く決意をするかどうか、だ。

「……とりあえずお風呂入らせてもらおう」

どっと疲れた。先のことは体を清潔にして温まった後に考えても遅くない。私は夜も多少寝かせてもらったけど、座ったままだし朝早かったし、体の節々が痛い。

適当に買ってきた着替えを手に持つと、仮眠室から出た。目の前にはソファから足をはみ出して寝ている九条さんがいる。まさに爆睡、だ。

「では伊藤さん、少し出てきます」

「はーい！」

私は寒い外へ再び足を踏み出した。

実は銭湯なんてほとんど初体験の私は、その実態に驚かされつつゆっくりお風呂に浸かった。寒い日に浸かる湯船はまさに極楽。つい居眠りしそうになった自分をなんとか起こして湯船から出る。疲れが抜け落ちたようにスッキリした。ゆっくり髪も乾かし、火照る顔を手で扇ぎつつ晴れ晴れした気持ちで外へ出ると、肌を冷たい風が突き刺す。でも、それがとても心地よかった。

うん、本当、スッキリした。

それはお風呂のおかげというより、これまでの人生、自分を苦しめるだけだったこの力が、少しでも何かの役に立てたという達成感がようやく湧いてきたからだ。

それに、九条さんは変な人だけどいい人だ。同じ能力を持っているから私の気持ちも分かってくれる。伊藤さんは能力はないものの私を疑うようなことはしない。今まで望み続けた仲間が、ここにはいる。

少し冷えてきた手を握りしめた。人混みの中をすり抜け、事務所のあるビルへと進む。その足はかつてないほど軽く感じた。単純かな。でも、もう一度前を向いてみようか。

そう思った時、脳裏にある人々の顔が浮かんだ。フワフワした足取りが、一気に重くなる。

忘れられるだろうか。全て過去のこととして、生きていけるだろうか。今死のうとは思わなくなった。でもだからといって、生きていこうと決意したわけではない。自分でも呆れて笑っちゃうくらい、宙ぶらりんな気持ちなのだ。

「……九条さんに返事しなきゃいけないのに」

彼が起きたらきっと聞いてくる。これからどうしますかって。私はなんと答えよう。

ビルに戻り、入り口のエレベーターのボタンを押した。一階に待機していたそれはすぐに扉が開く。一人で乗り込み目的の数字を押すと、銀色の扉はゆっくりと閉まり、小さな箱は私を乗せて上昇していく。

モヤモヤした気持ちのまま五階に辿（たど）り着き、なんのプレートも飾られていない事務所の前に立つ。きっと九条さんはしばらく起きないはず。もう少し考えようか。私はそう決意して、事務所の扉を開ける。

暖房の効いた暖かな部屋の真ん中で、九条さんはソファに寝そべ……っているかと思いきや、彼はそこに腰掛けていた。予想外の光景に驚く。

「あ、おかえり。いいタイミングだよ、黒島さん。依頼の人なんだ。一緒にお話聞いてあげて」

帰ってきた私に気づき、伊藤さんがキッチンから顔を出して言う。九条さんの正面には若い女の人が一人腰掛けていた。

……え、もう次の仕事ってこと⁉

九条さんを見れば、意外にも彼はしゃきっとしていた。ただし、起きたばかりだからか白い服の裾がめくり上がっている。

「……あ、黒島光といいます、お待たせしました！」

まさかこんな短いスパンで次の依頼が来るとは思っていなかった私は、これからここで働くかどうかなんて悩みも忘れ、慌てて九条さんの隣に駆け寄った。

アパートの一室

世の中には、案外怪奇現象に悩む人が多いのかもしれない。

今まではそんな体験、自分以外にしている人を見たことはなかった。噂で怖い話を聞いて皆で怯(おび)えながら楽しむ、でも自分は体験しない、という人たちばかり。だから、『心霊調査事務所』なんていう場所に、そんなに多くの依頼が来るなんて予想外だった。

次に来る依頼は、果たしてどんな内容なのか……自分は役に立てるのか。不安と期待に挟まれ、複雑な思いだ。それでも、とにかく今は進むしかない。解決すべき問題は山積みだけれど、それよりも目の前で怪異に困っている人をなんとかするのが先だと思っている。

それに、初めての時より、少し心は軽い。というのも、とっつきにくいと思っていた九条さんは、意外にも中身はちゃんとしている人だと分かったからである。まあ、全身白い服で登場したり、食事するのを忘れていたり、生態はイマイチ掴(つか)み切れないものの、少なくとも私と似た価値観と正義感を持っている、ということは間違いないようだ。

依頼人が来たことを知った私は、慌てて九条さんの隣に腰掛け、改めて目の前に座る女性を見た。年は二十代前半だろうか。キリッとした目元に一つ結びにした黒髪。いかにも仕事出来ます、といった雰囲気の人だった。黒いジャケットに黒いパンツを穿いているその人は、しっかりとした声で自己紹介を述べた。

「改めまして。井戸田香織(いとだかおり)と申します」

丁寧に頭を下げてくれる井戸田さんに、私は慌てて会釈(えしゃく)を返した。凛(りん)とした表情の井戸田さんは、九条さんの男前な顔に見惚れることもなく、はたまた私たちに不審な目を向けることもなく、早速本題を切り出した。

「私、あるアパートを持っておりまして」

「えっ、経営されているということですか？」

つい反応してしまう。井戸田さんはこくんと頷いた。まだ若いのに、アパート経営とは。私の心の声に気づいたのか、彼女はすぐに説明する。

「元々は祖母のものでした。それが昨年、突然病気で亡くなりまして。私は両親もおらず祖母に育てられ、遺言もあったので私が引き継ぐ形となったのです」

「なるほど……大変でしたね」

「慣れないですが、祖母が仲良くしていた人に不動産屋の人がいまして、手を借りながら経営しています」

井戸田さんはそう言うと、持っていた黒い鞄から写真を取り出した。

「祖母が経営していたもので、築二十五年のアパートなんですが……」

差し出された写真を受け取り、九条さんと共に覗き込むと、そこにはそれほど古くはない室内の様子が映っていた。広さは2ＬＤＫでキッチンも綺麗。お風呂もピカピカだ。

「リフォームしたんです」

「なるほど、綺麗ですもんね」

私が納得すると、井戸田さんは更に鞄から紙を取り出す。それは簡単な構造図だった。二階建てで、部屋は五部屋ずつ。つまり全部で十部屋ということになる。よくある形だ。

「ご覧の通り部屋は十あります。ですが……その、一部屋だけ、使用していない部屋がありまして」

井戸田さんが指をさしたのは、二階一番奥の角部屋だった。

「実はこの部屋のみ、祖母が生きている間もずっと空室にしていたんです」

「それはまたなぜ？」

九条さんが口を開いた。井戸田さんはふうと一度小さく息をつく。

「祖母曰く……『出る』って」

ごくりと唾を呑み込む。昔からこの部屋には何かあるということか。

「詳しくは教えてくれなかったんです。いつか話すって言われたまま、突然亡くなってしまって。ただこの部屋は、昔女性が病死していたことがあるらしくて……それ以降出るとのことで、誰にも貸し出していなかったそうなんです」

「病死ですか……」

「正直なところ私は信じてなかったのです。それに今回、リフォームして内装は大分綺麗にしました。それで――」

「貸し出したんですね？」

九条さんが聞くと、井戸田さんはばつが悪そうに頷いた。霊という存在を信じていない人たちがそういった行動をしてしまうことを、私は責められないと思う。彼女たちは視ることは出来ないのだし、人は自分の目で見られないものは信じない生き物なのだ。

井戸田さんは眉を顰めて続けた。

「入居者は幸いにもすぐ見つかって満室状態です。でもこの部屋だけ、二〇一だけ……どんどん皆出ていってしまうのです」

九条さんは写真の一枚を手に取る。私はそれを隣から覗き込みつつ、こっそり彼のめくれ上がった白い服を直しておいた。本人は気づいていない。

「出る時、何か言っていましたか」

「教えてくれませんでした。でも、普通の様子じゃなくて。この半年で四組も引っ越したんです。皆さん一ヶ月も住んでいません。最短では十日間で……」

十日で引っ越しとは、確かにそれは異常と言える。この部屋で何かおかしなことが起こっているのはまず間違いないだろう。井戸田さんは困ったように言った。

「除霊とかもしてもらったんです」

「え！　除霊ですか？　除霊までしてもらったのに、また引っ越しちゃったんですか？」

私は驚きで声を上げた。

「……除霊してもらった後に入居された方が、十日間で出ていかれた方です……それが三日前のことです」

絶句する。除霊やお祓いなどは、才能のある一握りの人しか出来ないことだし、それを行えばなんとかなるものだと思っていた。でもそういえば、九条さんは言っていた。基本、除霊は霊を払い除ける行為であるから、除霊後再び同じ霊に取り憑かれることもあるのだと。とはいえ、それはよほど厄介な霊ということにならないだろうか。

心配になって隣の九条さんを見るが、彼は平然として言った。

「分かりました。調査させて頂きます」

「よろしくお願いします。部屋の鍵はお渡ししておきます」

「この半年間の入居者の連絡先を伺っても？　何があったか、お話を聞いてみたいのですが」

「あ、はい……調べておきます」

「それでは、準備が出来次第伺います」

井戸田さんは立ち上がり、深々と頭を下げた。

「どうぞよろしくお願いします。出入りが多すぎると、あの部屋は何か出るという噂も広まるので、入居者の方の不安に繋がってしまいます。一刻も早い解決を祈っています」

以前私たちを怪しいものを見る目で見てきた男とは違い、偏見もなく丁寧な人だ。私とそう年も変わらないだろうにしっかりしている。井戸田さんはそのまま颯爽と事務所を出ていく。

振り返ると、九条さんは考え込むようにじっと井戸田さんが置いていった写真を見つめている。

「除霊してもダメって……どういうことですかね？」

「依頼した相手が悪かったのかもしれませんね。特に霊も視えないのにそういった仕事を請け負ってる輩(やから)は結構います」

「そうなんですか⁉」

「それか、どこかの寺の僧侶でも呼んだのか……」

「お坊さんなら信頼出来そうですけど……」

「除霊は百パーセントではありませんよ。無論それなりに効果はありますが。僧侶たちが皆霊を視られるわけではありません。これは先天的なものが大きいので。霊の力や想いが強すぎるのに、それを何も感じない者の除霊は意味がないことがあります」

「そ、そうなんだ……」

「それか、一旦霊は祓われたものの少ししてまた戻ってきたのか。よほど執着心が強ければありえます」

奥が深いというか、自分が知らなかったことばかりだ。いや、自分が無知すぎたのだ。視えるからこそ、そういったものとは離れたかった。でもきっと九条さんは、それを活かしてこんな仕事をしてるんだよなと、私は素直に感心して彼の横顔を見る。

九条さんは見ていた写真を机の上に放ると、離れたところでパソコンを見ていた伊藤さんに言った。

「というわけでお願いします、伊藤さん」

「はいはーい」

何をお願いしたのかまるで主語のない会話だが、伊藤さんには分かっているらしい。伊藤さんはパソコンに齧(かじ)りついて何やら作業をし始めたが、私は何をすればいいのか。

隣の九条さんをチラリと見ると、彼は欠伸(あくび)をして言った。

「この現場に行くのは、明日にしましょう。疲れもあるので、黒島さんもゆっくりしてください」

「あ、明日、ですか」

「私は一旦家に帰って風呂に入って着替えてきます。あと寝ます」

「ええ！」

私は驚きの声を上げる。その声を聞いた九条さんがこちらを見た。

「何を驚いているんですか」

「九条さんがお風呂とか着替えとかの欲望をちゃんと持っていたことに感激しています……」

「あなたの中の私のイメージがどうも最悪ですね。別に仕事が忙しくなければ、私もそれなりにちゃんと生活してますよ」

そうなんだ、普段はそれなりにちゃんとしているのか。寝たり食べたりお風呂に入ったり……って、これはちゃんとしてるというより、人間として普通の生活では？

九条さんは大きく伸びをする。

「伊藤さんの調べ物の結果にもよりますし、とりあえず休息を挟みましょう。黒島さんもどうぞ寝てください」

「は、はい……」

曖昧(あいまい)な返事をする。なぜなら私の休む場所は、この小さな事務所の奥にある仮眠室なのだ。別に寝る場所はどこでもいいが、近くで伊藤さんが働いているのに一人休むのも気が引ける。そんな私に気づいたのか、伊藤さんがパソコンから顔を上げて言った。

「でも九条さん、ベッド硬いですし、僕がそばで働いてたら黒島さん休めないんじゃないですか？」

伊藤さんの相変わらずの気遣いに感謝しつつ、恐縮した。

「いえ、寝泊まりさせてもらう場所を貸して頂いてるだけでありがたいので……」

そう答えたものの、まるで聞いていないのか、私の隣で九条さんは不思議そうに言う。

「そうなんですか？　私、伊藤さんが働いてる横で全然寝れますけど」

「九条さんと黒島さんを一緒にしないでくださいよ」

「はあ、すみません。では黒島さん、一緒にうちで休みますか？」

とんでもない言葉が出てきて、私は勢いよく隣を見てしまった。今、なんと言ったのだろう。空耳だろうか。九条さんはいつもの表情で私を見ている。

「……え、今なんて？」

「私の家の方が休めるなら来てもらっていいですよ」

何を言っているんだこの人は！

声も出せずパクパクと口を開けている私を、彼は『どうしました？』と言わんばかりに見つめている。この人ど天然なのだから、下心もなしで適当に発言してるに違いない。あれ、でも女として下心を持たれないのもいけないのか？

変な思考に飛びそうになった自分を戒め、私は冷静に九条さんに言った。

「お心遣いありがとうございます。でも大丈夫です」

「そうですか。ではここで休んでください。キッチンにある物はなんでも食べてもらっていいですよ」

その言葉に一応お礼を言ったが、戸棚には例のお菓子ばかり詰まっていることを、私は知っている。

彼は気怠そうに立ち上がると、ツカツカとドアに向かう。そしてドアノブに手を掛けて、こちらを振り返った。

「では、また」

「はい、いってらっしゃい」

九条さんが事務所から出ていってしまうと、残されたのは伊藤さんと私の二人となる。九条さんの家に行くのはありえないと思っていたけれど、実際ここで働いてる伊藤さんと二人きりというのも気まずいことこの上ない。何か手伝わねば、と伊藤さんに声を掛けようとした時、座っていた彼が思い出したように立ち上がった。

「あ！　そうそう、忘れてた！」

伊藤さんはキッチンに入り、何やらガサガサと物音を立てた後、中からお盆を持って出てきた。美味しそうな匂いが一気に部屋に立ち込める。

「お腹空いてるよね？　ごめん、こんな物しかないんだけど」

伊藤さんが私の目の前にお盆を置いた。そこには、なんとおにぎりと豚汁があったのだ。湯気の立つ汁物は私の胃袋を刺激して、一気に空腹感が増す。私はわあっと声を上げて頬を緩めた。

「嬉しい！　お腹空いてたんです。これ、伊藤さんが？」

「豚汁はインスタント。あはは、ごめんね、夜はもっといい物食べてね」

そう笑う彼の笑顔が眩しい。もうサングラスが欲しいです。私は深々と頭を下げた。

「ただでさえ、急に住み込んでご迷惑をお掛けしているのに……！」

「とんでもない！　もうさ、僕一人で九条さんにツッコミむの疲れてたから、黒島さんが来てくれて嬉しいよ、ほんと。さ、どうぞどうぞー」

「では……いただきます」

形のいい三角のおにぎりは丁寧に海苔が巻かれていた。一口齧るとほどよい塩気と柔らかなご飯の食感が口に広がり、私は唸り声を上げる。

「美味しいです！　伊藤さん、ほんと気が利くし、なんでも出来るんですね」

「あはは、褒めすぎー。ゆっくりしてね、あ、テレビつけてもいいし」

「食べたら手伝います。何か出来ることがあればですけど……」

「あーいいのいいの、ほんと。九条さんと現場に行って大変だっただろうし。僕はここで留守番してたし、何もすることない時はネットして遊んでるし？　黒島さんはゆっくりして」

　小さなえくぼを浮かべ、顔をくしゃりとして笑う伊藤さんに釣られて微笑む。なんて人との距離の掴み方が上手いのだろう。一緒にいると安心する。

　頬張ったおにぎりから梅干しが出てくる。ご飯のお供としての最高峰。空腹に染み渡る。

「九条さんどうだった？」

「あ、えっと……変な人ですね」

「あはは！」

「でも、伊藤さんが言ってたことが分かりました。悪い人じゃないですね。変わってるけど、いい人です」

　すずさんの霊を鎮めて、病院の不正も暴いた。抜けているように見えて肝心なところはしっかりしていたし、仕事も出来る。第一印象とは、少しだけ違った。

　そんな私の話を聞いて、伊藤さんはなぜか嬉しそうに微笑んだ。目を細めて、優しい目でこちらを見ている。

「よかった。いいパートナーになりそうだなって思ってたんだ。僕はほら、視えないから、九条さんの気持ちを分かってあげられないし。黒島さんはそこのところ、彼を理解してあげられるんじゃないかな」

「り、理解出来るかは分かりませんが……」

「あと、黒島さんの働きっぷり聞いたよ。怖い霊の前に飛び出して庇(かば)うなんて、普通出来ないよ」

感心したように伊藤さんが言ったので、恥ずかしくなり俯(うつむ)いた。九条さんが私のことを伊藤さんに話していたのも、意外すぎる。そういうことは言わないだろうと思っていたのに。でも、少し嬉しい自分もいる。

「反射的に動いちゃっただけなので……」

「人間、反射的にする行動が一番その人を表していると思うよ。僕だったら絶対出来ないもん。強いね」

「伊藤さんは絶対に出来る人だと思います。断言します」

「あはは！　そんなことないない。腰抜かして動けないと思う」

伊藤さんはふざけてそう言うと立ち上がり、またパソコンの前に移動した。

「食べたら寝てね！　ほんと、僕のことは気にしないで。また調査が始まったらゆっくり出来ないんだからね」

「あ、ありがとうございます！」

おにぎりを頬張って豚汁を飲んだ。心が温かくなるような、そんな味に思えた。伊藤さんはインスタントだなんて笑っていたが、今の私にとっては何より美味しい。空腹だけでなく、体全体も何か気持ちのいいもので満たされたような気がする。

食べ終えた私は伊藤さんの言葉に甘えて、仮眠室のベッドに横になった。そして図太いことに、夜まで爆睡してしまったのである。慣れない調査に疲れも出ていたのだろう。夢を見ることすらなく熟睡した。こんなにしっかり寝入ったのは、久しぶりのことだった。

ようやく目が覚めると、時刻が二十時になっていたので飛び起きた。こんなに寝るはずではなかったのに、すっかり寝坊してしまった。慌てて仮眠室から出ると、伊藤さんがくるりとこちらを振り返る。こんな時間だというのに、彼はまだ仕事をしていたらしい。

「あ、よかった、起きた」

「す、すみません……爆睡でした！」

寝起きの掠れた声で謝罪すると、伊藤さんは笑って言った。

「謝らないでー！　昨日大変だったんでしょ？」

「これじゃあ九条さんのこと、何も言えませんね。伊藤さんが働いてる隣でぐうぐうと」

「九条さんは仕事ない日も居眠りしてるから全然違うよ。黒島さんは疲れてたの」

伊藤さんはそうフォローすると立ち上がり、ポケットから何かを取り出した。ネコのキャラクターのキーホルダーがついた鍵だ。

「僕そろそろ今日は帰ろうと思うから、この事務所の鍵、渡しておくね。出かけたい時とか戸締り困るでしょ？」

「あ、ありがとうございます……」

「じゃ、また明日ね」

伊藤さんはハンガーに掛けてあったコートを手に取ると、鞄を持って身支度を整える。もしかして、私が起きるまで待っててくれたんだろうか。手元の鍵を見つめ、困ったように呟いた。

「いいんですか。正式採用も決まってない、身元も定かじゃない私に鍵を預けて……私が泥棒だったらどうするんですか」

伊藤さんは小さく笑う。

「黒島さん、泥棒なの？」

「え、ち、違いますけど」

「だよね。僕たち人を見る目はあるから大丈夫。ゆっくりしてね」

彼は手を軽く振ると、そのまま事務所から出ていってしまった。まだ会って間もない私を、そこまで信頼してくれているのかと不思議な気持ちになる。長く付き合いがあった人間の中でも、私自身を最後まで信じてくれた人は、ごく僅かだった。嬉しさと共に、過去に負った心の傷が痛んだ。

外を見れば当然ながら真っ暗だった。電気は点いているものの、窓の外の闇はどこか孤独感を掻き立てる。暗闇の中、一人だ。昨日は九条さんと行動を共にしていたため、こんな気持ちになることはなかった。どこか、寂しい。

そんな沈んだ気持ちを誤魔化すために、目の前のソファに腰掛けてテレビをつけてみた。お笑い番組の賑やかな声が響く。少しでも気分が変わるかと思ったのに、誰もいない事務所に響く笑い声は、よりいっそう虚しさを助長した。

「あ……晩ご飯」

そう呟いて、自分の声が消える。返事のない独り言。まあいいや、おにぎりを食べたのは遅い時間だったし、こんな暗い中一人出歩くのも気が引ける。明日の朝コンビニでパンでも買って食べよう。

外出するという選択肢を捨てると、膝を抱えてテレビを見つめる。よく知っているお笑いコンビ、少し前まで好きだったはずなのに。

……独りはいけない。また、色々思い出して落ち込んでしまう。

九条さんと会ってから忙しくて悩む暇もなかった。だからあまり落ち込むこともなかったけれど……

「……あーあ」

抱えた膝に顔を埋めた。

心に残っていたわだかまりが、再び私を押し潰し始める。暖房がしっかり利いているはずの部屋が、どこか寒く感じた。自分の弱さに、辟易する。

その時、ガチャリと事務所のドアノブが回った。まさかこんな時間に依頼人だろうか。私では対応出来ない。そういえば九条さんも伊藤さんも連絡先を聞いていなかった。それとも、伊藤さんが忘れ物でもしたのだろうか。

じっと見つめる先のドアが、ゆっくりと開かれた。

「……あ、九条さん？」

彼は黒い上着に黒いパンツ、黒いコートの、全身真っ黒で登場した。やはり服のセンスは皆無である。まあ、全身白よりはいいか、と心の中で呟いた。

外が寒かったせいか、白い肌をほんの少し赤くさせた彼は、無言で事務所に入ってくる。

「こんばんは」

「こ、こんばんは……何か急なお仕事ですか？」

「いえ」

彼は私に近づくと、じっと見下ろしながら言う。

「夕飯、食べましたか」

「え？　夕飯ですか？」

「夕飯。食べましたか？」

「ま、まだですけど……」

「そうですか。では行きましょう」

九条さんは、くるりと私に背を向けて歩き出す。私は慌ててソファから立ち上がった。

「え、え⁉　ご飯食べに行くんですか⁉」

「そうです」

出入り口に立った九条さんは、私を振り返る。今は寝癖はついていない。彼はポケットに手を突っ込んだまま言う。

「コートを取ってきてください」

有無を言わさないその言い方に唖然としながらも、奥の部屋からコートと鞄を取ってくる。それを羽織ると、おずおずと彼に近寄った。私が来たのを確認した九条さんは、外へと出る。人気のない廊下をさっさと進む彼の背中を、私は小走りで追いかけた。エレベーターのボタンを押して来るのを待っている九条さんに並ぶと、なぜか気まずくなって適当に話しかける。

「どこに行くんですか？　パッキー食べ放題にでも行くんですか」

「そんなところあるんですか……!?」

「冗談です。ないと思います」

彼は分かりやすく残念そうに眉尻を下げた。その表情が面白くてつい笑ってしまう。

到着したエレベーターに二人で乗り込み、ボタンを押して扉を閉める。

「黒島さん、何か食べたいものは」

「いや特には……なんでも食べますし」

「そうですか」

「九条さんが普通のご飯も食べると知って安心しています」

「また。あなたの中の私のイメージ、どんな風になってるんですか」

不服そうに九条さんが言った時、エレベーターが一階に到着した。てっきり駐車場に向かうのかと思っていたが、徒歩で移動するらしく、彼は外へと足を踏み出した。

冬の夜は容赦ない。肌に痛みを覚えるような寒気が襲ってくる。ただ、空は綺麗に澄んで星が見えていた。私は寒さに一度身震いし、九条さんと同じようにコートのポケットに手を入れた。

道はまだそれなりに人が歩いている。車の通りも多く、ヘッドライトが次から次へと私たちを照らす。仕事帰りのサラリーマンたちが、何人か疲れたように駅に向かっていた。そんな中、私は何も聞かず九条さんについていく。果たしてこの変人がどんなところに行くのか、非常に気になった。

道行く途中で、すれ違う女性は基本彼をチラ見する。見惚れるような顔をしたり、中には二度見する人もいる。まあね、顔だけ見れば気持ちは分かりますよ。でも人は見かけによりませんから——そう心の中で女性陣に忠告していると、九条さんが足を止めた。突然だったので彼の背中に衝突しそうになる。

「ここに入りましょう」

「……あ、はい」

看板を見上げると、そこは赤い暖簾(のれん)のかかったラーメン屋だった。

こぢんまりとしたアットホームなお店で、九条さんは暖簾(のれん)をかき分けて店内へ入る。

私も後に続いた。

「いらっしゃいませー」

来たことがあるのか、彼は真っ直ぐに一番奥のボックス席へと向かった。店内はカウンターといくつかボックス席があるが、席がほぼ埋まっているので、繁盛しているようだ。私も九条さんに続いて進み、彼の正面に座る。

……なんだか、改めて向かい合うとちょっと恥ずかしいかも。この人とこんな形で食事をするとは思わなかった。

「私、ここ好きでよく来るんです。味噌がオススメです」

九条さんはメニューを手に取って私に差し出してくれる。私はそれを覗（のぞ）き込んだ。

「へぇ……じゃあ、オススメの味噌にします」

「そうですか。私は醤油で」

「味噌じゃないんですか！」

反射的にツッコんでしまった。伊藤さんが言っていたけど、ツッコミに疲れるという言葉、非常に理解出来る。もうほんと、ボケが凄い。そう思いながらも、また自然と笑みが零れる。さっきまで一人事務所で小さくなっていたのが嘘みたいに。

「今日は醤油の気分なんです」

九条さんはそう言って近くの店員に注文してくれた。私はテーブルに置かれたお水を飲む。緊張しているとやたら水分をとってしまうタイプなのだ。だがやはりというか、九条さんはなんとも思っていないようで、無言のままぼうっと座っている。沈黙を苦に思わないのだろう。

「……ラーメン、好きなんですね」

「ええ、特にここのは美味しいです。事務所から近いですし、よく来ています」

「伊藤さんも？」

「来たことありますよ」

伊藤さんと二人でラーメンを啜ってる様子を想像する。どこか微笑ましい光景に思えた。ちょっと見てみたいかもしれない。

「伊藤さんと九条さんって、なんかいいコンビですよね」

「そうですか？　まあ彼は色々器用で私とは正反対ですからね。違いすぎていいのかもしれません」

「元々は依頼人だったって」

「ええ、そうです。問題が解決した後、彼の強い希望で働いてもらうことになりました。丁度経理とか出来る人が欲しかったので、ありがたかったです」

　九条さんはようやく目の前のお水を飲んだ。上下する喉仏がやたら綺麗に見える。私も釣られてもう一度お水を飲んだ。

「九条さんは……なんであの事務所を立ち上げたんですか？」

　私が尋ねると、彼は考えるように少しだけ首を傾けた。

「他にやれることがなかった、というのが正しいかもしれませんね。特別『悲しんでる霊をなんとかしたい』という情熱を持って立ち上げたわけではないです。ですが、いろんな霊たちに興味はあります。なぜそこまでしてこの世に留まるのか、生前の思いを知ることは面白いのではないかと。普通の人間は出来ないことですから、自分ではこの道を選んでよかったと思っています」

　下手に熱意もなく、また美談でもない九条さんのエピソードは、やけに私の心にすとんと落ちた。無表情な彼の顔を見て、少し笑う。らしいな、と思ったのだ。

　そんな彼はやや悪戯（いたずら）っぽく続ける。

「あと、案外儲かります」

「え！　そうなんですか？　確かに、解決したと思ったらすぐに次の依頼が来て驚きましたけど」

「うちはほぼ口コミで依頼が来るのですが、結構案件は多いですし、料金もそれなりに頂いてますから」

「確かに伊藤さん、依頼料見てびっくりしたって言ってた……」

「嫌なら他を当たればいいですし。こちらは寝る間も惜しんで、時には恐怖と闘って調査してるんですから当然です」

前にも少し思ったけど、彼は意外とお金にはシビアだ。いや、それが正しいのかもしれない。商売は商売だ。九条さんも伊藤さんも生活があるのだし。病院での出来事だって、私自身とても怖かったので、それなりに報酬を頂きたいと思うのは至極真っ当な考えだと思う。

丁度その時ラーメンが運ばれてきた。目の前に置かれたそれは、スープを揺らしながら湯気を立てている。コーンやもやしなどの野菜がたっぷり載ったラーメンだ。

「美味しそう！　いただきます！」

私は箸を持ってすぐに啜る。なるほど、確かにこれは美味しい。スープも麺も文句ない出来栄えだ。くどくなく、ほどよいコッテリ感は箸が進む。

「美味しいですね！」

「でしょう」

目の前の九条さんを見れば、綺麗な箸の持ち方でラーメンを啜っていた。ああほんと、ちゃんとしたご飯も食べられることに安心した。彼の食生活が心配で仕方なかったのだ。

「うん、本当に美味しいです。寒い日に染みますね！」

二人で向かい合ってラーメンを食べる——そんな状況が、嬉しかった。一人事務所で落ち込んでいたさっきまでの自分が嘘のように、私たちは無言でラーメンを啜り続けた。

ほとんど食べ終えて顔を上げてみると、すでに完食していた九条さんが私を待ってくれていることに気がついた。急いで残りを食べようとする私に、彼はすぐに言った。

「急がなくていいです」

その一言が、なぜかとても心に響いた。

小さな優しさ。それでも、今の私には随分と心に染みる。自然と表情を緩めてお礼を述べる。

「夕飯、誘ってくれてありがとうございます……」

「いいえ。ここのラーメンは無性に食べたくなりますから」

思えば、病院で出会った名取さんが彼を食事に誘った時、『親しくない人と食事するのは苦手』だと言っていた。私とはまだ親しいとは言えない間柄なのに、こうして連れ出してくれたことが本当に嬉しくてたまらない。しかも、意外とスマートに奢ってくれたのだ。

食べ終えて事務所まで戻った途端、九条さんはソファに寝転ぶと、「帰るのが面倒になりました」とか言って、そのまま寝息を立て始めてしまった。苦笑しながらその光景を見てふと、もしかして夜に私一人になると、また自殺したくなるんじゃないかと心配して来てくれたのかな、なんて思う。

……いや、どうなのだろう。気まぐれで来たという可能性もある。彼が何を思って動いているのか、私には理解出来そうにない。

そんなことを考えながら、私は彼に毛布を掛けた。

*

「あっれー、九条さんなんでここにいるの？」

朝早く出勤した伊藤さんが目を丸くして言った。

私は起きて身支度を整え、テレビを見ながら伊藤さんを待っていた。九条さんはソファの上で爆睡している。私が彼を起こせるはずもない。

「あ、昨日の夜来られて、帰るのが面倒くさいとか言って寝ちゃったんです」

「へえー？　ふーん？」

伊藤さんはどこか面白そうな笑みを浮かべてこちらを見た。絶対、何か勘違いしているとみた。私は努めて冷静に言う。

「ラーメン食べに連れてってくれたんです。すぐ近くの」

「あーあそこね。うん、美味（おい）しいよね」

そう言いながら、伊藤さんは鼻歌混じりで近くに置いてあったあのお菓子を一本取り出し、九条さんの口に突っ込んだ。例の爆音にて九条さんを起こすと、ようやく彼はトロンと目を開けて起き上がった。相変わらずよく寝る人だ。

「……おはようございます」

九条さんの後頭部には、昨夜はなかった寝癖がまたついている。伊藤さんが腕を組んで言う。

「ほら、そろそろ現場行った方がいいんじゃないですか？」

「……はい……伊藤さん、調べ物についてはどうですか」

欠伸（あくび）を交えながら九条さんが聞く。

「ああ、それが少し時間がかかりそうなんです。殺人や自殺なら調べも早いだろうけど、病気となるとあまり資料も残ってなくて」

「まあそうでしょうね」

「ただ、あのアパートが建つ前はずっと畑だったみたいで、今のところ怪しい部分はありませんね。あ、あと昨日井戸田さんから早速、この半年に入居した四組の方の連絡先が送られてきました。あらかじめ僕たちのことは先方に伝えてあるそうなので、今日は僕こっちの話を聞きに行きますね」

「しっかりした人ですね。お願いします」

九条さんはゆっくり立ち上がると、気怠そうに一度首を回し、そして私に向き直った。

「では黒島さん、現場に行きますか」

「あ……はい！」

私は大きく返事をすると、すぐさま仮眠室から紙袋を一つ取ってきた。かなり大きめの袋に荷物がパンパンに入っている。九条さんはそれを見て、不思議そうに聞いてきた。

「旅行にでも行くんですか」

「また泊まり込みにでもなったらかないませんから、荷物持っていくんです」

「そんなに何を持っていくんですか」

「着替えとか歯ブラシとか食料とかですよ。九条さんの好物も入ってますよ」

私がサラリと言うと、彼は急に目をギラリと輝かせた。

「あなた仕事出来ますね」

呆れて物も言えない。そもそも、前回も途中で買い出しに行ったわけだし、なぜ初めから持っていこうと思わないんだろう。事務所にはこれだけ多く備えてあるというのに。呆れている私に気づいていないのか、九条さんはいつも通りの無表情で伊藤さんに声を掛けた。

「では伊藤さん、お願いします」

「はい、いってらっしゃーい！」

短く告げた九条さんは、何も言わずに私が持っていた大きな紙袋を取った。あまりに自然な流れで、何もなくなった自分の手の平を見つめて、一瞬何が起こったのか分からなくなったほどだ。あれ、九条さんが荷物持ってくれた？

「黒島さん？　行きますよ」

すでに事務所の扉から出ていた九条さんが私に声を掛けた。彼の手には紙袋がしっかりと握られている。

「あ、は、はい」

私はそれだけ返事して九条さんを追った。本当に不思議な人だ。気遣い出来るんだか出来ないんだか。

私は未だに彼が掴めない。

昨日も乗った車に二人で乗り込み、例のアパートへ向かった。昔死人が出た部屋で引っ越しが相次ぐ……というのは正直よく聞く話だ。その部屋に間違いなく『誰か』がいるのだろう。しかしもう何年も住み続けているなんて、結構ヤバいものに姿を変えている可能性が高い気がする。気を引き締めていかねば。

「あれですね」

ハンドルを握ったまま九条さんが言った。目を向ければ、本当によくある極々普通のアパートだった。造りはやや古く見えるが、外観もリフォームの際少し手を加えたのだろう、壁がやたら白く光っていた。外から各部屋の玄関が見える。二階の奥を見ると、他となんら変わらない黒色のドアがあった。

「見た感じ普通のアパートですねぇ」

「他の部屋の住民には影響ないらしいですから、例の部屋のみ何かが起こるんでしょうね。伊藤さんが調べてきてくれますよ。こういう仕事は彼に任せるのが一番です。

人から話を聞き出すのが上手いので」

それに関しては納得だ。伊藤さんは無害そうなオーラが凄いし、初対面でも人懐こいから相手の口が軽くなりそうだ。

九条さんは車をアパート前の駐車場に停めた。車を降り、二人で建物を見上げる。

「とりあえず上がってみましょうか」

白い息を吐きながら九条さんが言う。私は頷き、九条さんの黒いコートを追いながらアパートへ近づく。冷たい風に煽(あお)られながら外階段を上り二階に辿(たど)り着くと、なんの変哲もないドアが並んでいた。特に不穏な空気を感じることもない。住民には小さな子供もいるのか、ある部屋の前には砂場セットが置いてある。

私たちは手前の部屋を通り過ぎて奥へ進んだ。井戸田さんが言っていた問題の部屋だ。

「鍵は預かっています。電気や水道も通っているみたいですが」

九条さんはポケットから銀色の鍵を取り出した。ドアの前で立ち止まると、やや緊張してきた。やっぱり最初はどうも警戒してしまう。そんな私をよそに九条さんはいつもと変わらぬ様子で鍵を差し込み、回した。かちゃりと鍵の回る音がやけに大きく響く。

ドアを開けてすぐに目に入ってきたのは、小さな靴箱のある玄関。次に短い廊下といくつかの扉。変わったところなどない、普通の部屋だ。九条さんは靴を脱いでズカズカと上がっていく。私も靴を脱いで揃えると、奥へと向かった。

九条さんが茶色の扉を開けるとリビングが見えた。キッチンは小さな銀色のシンクにガスコンロ二つ。リフォームした後もあまり人が使っていないせいか、どこも綺麗だ。

私はゆっくり部屋全体を見回した。だが、何かがいるわけでもないし、不穏なオーラを感じるわけでもない。そういえば病院でも、初めは霊も警戒するから大人しいことが多いと言っていたっけ。

九条さんは部屋をゆっくり歩き回って、収納場所の一つ一つまで丁寧に確認した。私も倣って同じようにいろんな場所を覗いてみる。こんな時、扉を開けた瞬間真っ白な顔をした子供がいて……などと想像して一人身震いする。だがそんな現象は全く起きない。

「他の部屋にも行きましょう」

私たちは部屋を移動する。寝室に和室、トイレに浴室。どこもおかしな部分は見当たらない、普通のアパートだった。

ふうと九条さんは息をついて腕を組む。

「まだ何も感じられませんね。ま、最初からスムーズに事が運ぶとは思っていませんけど」

「何か起きるまで待つんですか……？」

「まあそうなりますね。今回は機材も持ち込みましょう」

「機材？」

「以前お話ししたように、霊は高性能のカメラに映ることも非常に多い。車に積んでますから、セットしますよ」

「あ、撮影するってことですか！」

以前そんな話を聞いたことを思い出す。

「まずは、ここに何がいるのかを突き止めなければなりませんからね。さ、車に一旦戻りましょう」

彼が踵(きびす)を返して玄関に戻るのを慌てて追う。さっきから九条さんを追いかけてばかりだ。

二人で靴を履き玄関を出た瞬間、隣から物音が聞こえた。そちらを見ると、お隣さんであろう中年女性が丁度出てきたところだった。五十代くらいだろうか。肩まで伸びた髪にパーマがかかった、ややぽっちゃりした人だ。彼女は私たちを見ると顔を緩ませた。

「おはようございます。あら、新しく入られたの？」

ニコニコと話しかけてくる様子は、よくいる世間話が好きなおばさんに見えた。九条さんは平然と答える。

「いえ。見させてもらっているだけで、まだ決めていません」

「あ、そうなの！　新婚さん？　若いものねー」

「しん……！」

おばさんの言葉に驚く。新婚って！　私はつい慌てふためいて九条さんを見上げる。まさかこの人とそんな風に見られるなんて。でも、普通に考えてみれば男女二人がアパートを見に来ていればそう見えるだろう。落ち着け自分。少し恥ずかしい気もするけど平静を装う。そしてやはりと言うか、九条さんはすぐに同意して続けた。

「ええ、今決めようか悩んでいるんですが」

「そう、いいわね～新婚！　まだ決めてないなら……あの、お節介なら申し訳ないんだけどね？」

おばさんは少し迷うように目を泳がせるが、すぐに口を開いた。

「この部屋ね。凄く引っ越しが多くて」

「そうなの。私ここがリフォームしてからすぐ入ったんだけど、えーと、三組？　四組だったかしら。とにかく皆すぐ引っ越しちゃうのよ……！　大きな声では言えないけど、なんかあるんじゃないかと思ってるの」

おばさんは、十分大きな声で言った。やはり噂話が好きなタイプで、声のボリューム設定が不得意のようだ。

九条さんは初めて聞いた、というように頷いて尋ねる。

「そうなんですか……隣にいて何か感じたことは？」

「いやあ、私霊感全然ないのよ。あはは！　気味悪いっちゃそうなんだけど、中は綺麗だし家賃も安いから、私は引っ越す予定ないわ！」

「噂で何か聞いたことは」

「いやー？　ないわよ、全然。だからまあ、ただの偶然かもしれないけどね。でも、新婚さんの新居に何かあったら嫌じゃない？　だから一応伝えておこうかと」

おばさんは笑いながらそう言った。九条さんはそれ以上何も言わず、どこか考えるように黙り込む。そろそろ切り上げる頃かと思っていると、彼女から質問が飛び出した。

「にしてもお似合いの新婚さんね！　結婚式もう挙げたの？　これから？」

「引っ越し、ですか？」

ニコニコしながらそう尋ねてくるおばさんに、私は少しのけぞった。新婚だなんて適当な設定、どう答えるべきかよく分からない。あまり世間話は得意な方ではないのだ。

「あは、は、これから……？　ですかねぇ……？」

「まー！　いいわね、あなた綺麗だし素敵な花嫁さんね！　いやでも旦那さんも素敵ね。こんな綺麗な顔した男の人いるんだね！　俳優みたいねぇ」

「は、はは」

「子供はどうするの？　この辺は静かで子育てにいいわよ！　最近遊ぶ場所も減ってきてるじゃない？　近くに公園あるし騒ぐような人もいないしねぇ」

「は、ははは」

おばさんのマシンガントークって凄い。隣の九条さんをちらりと見るが、まるで聞いてない。愛想笑いを浮かべることもなく一点を見つめて考え事だ。集中力が高いと褒めるべきだろうか。

私は彼女の口撃を一人受け止め、もはや頬が引きつっている。世間話の終わりを見出(みいだ)せず困っている私に、おばさんはあっと腕時計に目をやって申し訳なさそうに言った。

「しまったわ、私お稽古の時間だった。ごめんなさいね。もし引っ越されたら仲良くしてね」

「あ！　いえこちらこそ、ありがとうございました！」

今日一番しっかりした声で私は返事をすると、おばさんは急ぎ足で階段へと向かっていった。やっと訪れた静寂にふうと安心して隣を見ると、九条さんが言う。

「やはりこの部屋のみの怪異でしょうね。分かってはいましたが」

「それより世間話のヘルプもしてくださいよ。私ああいうの苦手なんです」

「私が得意だと思いますか」

「思いません」

「こういうのは伊藤さんの仕事です」

伊藤さんの仕事多すぎないか？　今更ながら彼が哀れになってきた。仕方ない、私も頑張ろう。伊藤さんほどにはなれなくても、世間話を盛り上げるくらいには。情報収集も大事なのだから。

ゆらりと足を踏み出した九条さんに続き、私も歩き出す。

「撮影しながらここに泊まるんですか？」

「今回の場合、様子を見て一旦帰宅しようかと」

「え！　そうなんですか？」

「見たところ、電気が通っていてもエアコンの設置はありませんし、この真冬にあの部屋で一晩過ごすのは厳しいですから」

「なんだ、じゃあ荷物いらなかったじゃないですか……」

「まだ分かりませんよ。その時々で判断します」

二人で階段を下りて車へ向かう。九条さんがトランクを開けると、そこには見たことがない機材がギッシリと積まれていた。真っ黒なカメラにモニター、何本もあるコード。家庭用カメラぐらいを想定していた私は驚く。でもそうか、高性能のカメラって言ってたっけ。

「す、凄いですね、これ。プロ用ですか？」

「まあそんなところです。重いものが多いので、黒島さんはコードや自分の荷物を運び出してくれますか」

「あ、は、はい」

九条さんは両手でモニターを抱え、トランクからそれを引き出す。細身の体ではあるが、意外とすんなり持ち上げ、再びアパートの外階段へと向かっていく。

私はとりあえず、束になった大量のコードを取り出した。コードだけだが意外と重量があるし、両手いっぱいになる。それだけを持ち一旦トランクの扉を閉め、九条さんの後を追おうとしたが、ふと足を止めて例の部屋を見上げた。

真っ白な壁に新しいドア。それでも節々に古さを感じさせる柱がややアンバランスに感じる。二階に並んだドアの一番奥、もうずっと誰も住んでいない部屋。

そのドアの前に、女の人が立っていた。

「……あれ」

セミロングの黒髪の後ろ姿が見える。上半身のみで、下半身は手すりで隠れている。離れているのに、その黒髪がやけに美しい、と感じた。女は微動だにせず、ただあの部屋の前に立っていた。風が吹いても髪一本靡(なび)くことはない。彼女が人間でないことは、一目見て分かった。

女は服を着ていなかったのだ。

この寒空の下、白い背中が周りの景色から浮いている。肩甲骨や背骨までクッキリと見えるのに、寒そうだとも感じない。彼女はこの世の人ではない。表情が見えないため今どんな気持ちでいるのか分からないが、不思議なことにあまり恐怖は感じなかった。むしろその白い背中と黒髪からは、悲愴感がヒシヒシと伝わってくる。

私は慌てて足を動かして階段を上った。九条さんはとうに二階に着いているらしく、彼の背中は見えない。急いで上り切ったところに、九条さんの黒髪が見えた。

「九条さん！」

重そうなモニターを持っているためか、九条さんはほんの少しだけ顔をこちらに振り向かせた。

「見えましたか、今！」

「どうしました」

「……あ、あれ？」

彼の奥に見える部屋の前には、すでに誰もいなかった。ひっそりとした廊下は先ほど見た光景と何も変わりはない。不穏な様子も何もない、ただのアパートの廊下だ。

私は呆然と呟いた。

「……いない」

「何かいましたか」

「そ、そうなんです、下から見た時に……」

「黒島さん、そろそろ私は腕が千切れるので、これを置いてから聞きます」

腕が千切れるだなんて怖いことを言っているのに、まるで無表情の九条さん。私はすみません、と慌てて謝り、彼を追い越して例の部屋の前に進んだ。

ドアは特に異常はない。それを確認した後、開けて九条さんを待つ。ひんやりしたドアノブに、どこか安心した。もしこのドアノブから人肌なんか感じたら、さすがに気味が悪い。

九条さんはモニターを抱えながら玄関に入り、靴を適当に脱ぎ散らかしてリビングの方へ向かった。私は一旦ドアを閉め、九条さんに続く。リビングの端にモニターをそっと置いた九条さんは、ふうと息をつき、肩を回しながら私に言う。

「コードください」

「あ、はい」

コードの束を受け取った九条さんは、それを何やらモニターと繋げながら尋ねた。

「で、何がいましたか。私は何も見えませんでした。タイミングなのか相性なのか」

「ええと……女の人が部屋の前に立ってました」

「どのような」

「後ろ姿なので顔は見えませんでした。邪悪なオーラはなく、若めの人に見えました。あと、服を着ていませんでした」

九条さんの手がピタリと止まる。だが、すぐにまた手を動かしながら続ける。

「……服を？」

「はい、それは確かです。私、洋服着てない霊なんて初めて見たんですけど……」

「まあ私は姿が見えないので、格好も気になったことはありませんが……霊が身にまとう衣類などは、生前よく着ていたもの、死ぬ間際に着ていたもの、着たいと強く願っていたものというのがよくあるパターンですね」

「そのパターンで考えれば……死ぬ間際が裸だった可能性が高いですかね……？」

「それか生前裸族だったんですかね」

「え、そんな理由？」

「ですが噂の病死した女性であったなら、もしかすると風呂で亡くなった可能性も。ヒートショックと呼ばれる現象により、日本は風呂での死亡率が大変高い」

彼は手を止めることなく発言を続ける。私はどこかで聞いた情報を頭から引きずり出した。

「確か、温度の急激な変化で起こるやつでしたっけ？」

「それです。主に高齢者が多いですが、若い方もありえますから」

以前も思ったけれど、九条さんっていろんなことを知ってるよなぁと、私は感心する。普段ぼーっとしてるのに、頭の回転は速い気がする。

九条さんはコードの設置が終わったのか、その場から立ち上がった。

「というわけで、風呂にもカメラを設置することにしましょう。まだまだ運びますよ」

「あ、はい！」

「とりあえずリビングと寝室、風呂場を撮影しましょう。黒島さんが視たのなら、何かがいることは間違いない」

　私と九条さんは再び車へと向かった。


　三十分ほどかけ、機材の設置を進めた。リビングやキッチン全体と、寝室を映すカメラは設置を終え、残るは浴室のみとなった。裸の霊がいたということで、この浴室は亡くなった現場かもしれないから、最も外せない場所だ。しかし、小さなアパートの浴室は広いとは言えず、設置には工夫が必要だった。

「なるべく全体を映したいので、浴槽の中にカメラを置くことにします」

　九条さんはいろんなアングルから浴室を観察した後、そう言った。この機材の扱い方すらよく分からない私は、頷くことしか出来ない。

　隅々までよく見てみると、白い浴槽に白い床の、本当に一般的な風呂場だった。リフォームをしたので、とても綺麗だ。小さな窓が奥にあり、鏡には少し水あかがついていたが、問題なく私たちを映し出していた。

「カメラを持ってきます。それで一通りの設置は終わりですかね」

　九条さんはそう言うと一旦リビングへ戻る。背中に彼の足音を聞きながら、私は狭い浴槽を覗き込んだ。私がずっと暮らしていたアパートも似たような広さのお風呂で、今は帰ることが出来なくなってしまったあの家を懐かしく思ったのだ。

「それにしても綺麗だなぁ。リフォームって凄い」

　全室リフォームっていくらかかったんだろう、なんてことを考えていると、ふと天井に何か黒いものが走った気がした。視界の隅にそれを捉え反射的に上を向く。だがそこには真っ白な天井があるだけで、動くものは何もなかった。てっきり、口に出すのも嫌な、あの黒光りする虫でもいたのかと思ったのだが。

「びっくりした、気のせいかな」

　独り言を言いながら、じっと天井を観察した。大丈夫、やつはいないようだ。ほっとして頭を元に戻した途端、今度は窓際に黒い何かが映る。驚きそちらを見てみるも、やはりそこには何もいない。

　窓はすりガラスになっている。誰かが通ったのかな、と思ったものの、すぐに否定した。ここは二階である。誰かが通るなんてことはありえない。

　ひんやりと心臓が冷えた気がした。でも、人は通らなくても、鳥や虫が通った可能性もある。きっとそうだ、そうに違いない。とりあえず九条さんのいるリビングへ行こうと、窓ガラスから視線を外した時、足元に何かがあった。

排水溝から出ている、長い髪の毛の束だった。

濡れてじっとりとした長い髪が、たった今排水溝から這い出てきたかのように静かに横たわっている。二十センチはあろう髪は、まるでこちらの様子を窺っている生き物のように思えた。

一瞬の沈黙の後、私は短く叫んだ。そして踵を返し、勢いよく浴室から飛び出した。脱衣所を通過し廊下へ出ようとしたところで、目の前に九条さんがいた。それにもまた驚き、足をもつれさせて倒れる。転ぶ、と思った瞬間、彼はほぼぶつかるような形で、私の体を抱きとめてくれた。転ぶのは避けられたものの、かなりの衝撃に襲われる。

「どうしました」

九条さんが驚いた声を出す。私は顔を上げ、泣きそうになりながら訴えた。

「なな、なんかいて！」

「風呂場ですか」

「かみ、髪の毛が！」

情けない声で言うと、彼は私の体をそっと離し、浴室の中に入っていく。

「黒島さん、何もありませんよ」

それを聞き、恐る恐る自分も戻ってみる。確かに浴室にはもう何もなかった。私は隅々まで見た後、九条さんに言った。

「そこの排水溝から、長い髪の毛が出ていたんです！　明らかに女性のものだと思いました」

九条さんはしゃがみ込み、排水溝のふたを開ける。そこもまた掃除が行き届いており、綺麗な状態で髪一本すら見当たらない。ふたを戻した九条さんは、残念そうに言った。

「もう消えてしまいましたね。撮影開始していればよかった」

「び、びっくりした……もう、叫んじゃって私――」

そこまで言って、思いきり転びかけたところを、九条さんに助けられたのだと思い出して謝った。

「あの、ぶつかってすみませんでした。痛かったですよね？　私は転ばずに済みましたが……」

「いいえ、怪我がなくて何よりです」

彼はサラリと言った。私はといえば、思いきり抱きついてしまった気がして、今更ながら恥ずかしさでいっぱいになる。慌てていたし、わざとじゃないけれど、男性にあんな風に抱きとめられれば、普通の女子は俯（うつむ）いてしまうだろう。向こうはまるで気にしてないようだが。

「えっと、なんかこう、視界の端に黒いものが映って……あれかと思ったんです、ゴキブリ。そしたら排水溝から」

「ゴキブリ？　ゴキブリが出たんですか？　いたんですか？」

突然、九条さんが声色を変えて聞いてきたので、一瞬きょとんとした。

「い、いいえ。そうかなって思って下を向いたら髪の毛があったから、あれは多分虫なんかじゃなくて、予兆だったんだと思います」

「なるほど、例のやつじゃなくてよかったです。安心しました。私から見ればあいつらより髪の毛の方が可愛いです」

真剣な顔をしてそう言ったので、九条さんは大分ゴキブリが苦手なんだと分かった。怪奇現象より私が抱きついたことより、そっちの方が彼にとっては重要らしい。九条さんなら平気な顔して駆除しそうなのに。

「本当に出たら、九条さん退治してくれますか」

「冗談はやめてください。ここには強力な殺虫剤もないじゃないですか」

「もし出たらどうするんですか」

「黒島さ――」

「私も無理です！」

「では伊藤さんを呼びます」

伊藤さんが哀れすぎる。だが九条さんは至って真剣なようだ。

「強力な殺虫剤があれば戦えますが、武器なしでは厳しいです」

「……どうでもいい話題を振ってすみませんでした。多分いないからこんな話は不毛です。えっと、髪の毛は長かったので、女性でしょうね」

私は悪ふざけを止めて本題に戻る。彼も頷いた。

「やはり部屋にいるのは女性で間違いなさそうですね。カメラを設置しなくては。今度は撮れるといいんですがね」

そう言った九条さんは、何事もなかったかのように動き出した。私は彼から離れないようにしようと心に誓い、九条さんの背中にぴったりついて回った。


カメラの設置を終えた私たちは、一旦その部屋から退くことになった。丁度伊藤さんからいくつか情報が手に入ったと連絡があったので、彼と合流し、それを教えてもらおうという話になったのだ。事務所から持ち出した着替えなどの荷物は部屋に置き、再び九条さんと車に乗り込みアパートをあとにした。

いた。

机の上には開かれたパソコンと、何やらメモがたくさん書かれた紙が乱雑に置かれて
　事務所に帰ると、椅子に座った伊藤さんがこちらを振り返り、にこやかに言った。

「あ、おかえりなさーい」

「ただいま戻りました」

　九条さんはそう言うとスタスタとまずは仮眠室に入り、手にパッキーを持って戻ってきた。そしてソファに座り、早速封を開けて一本食べると伊藤さんに話しかける。

「どうでした。住んでいた四組に話は聞けましたか」

「はいはい聞けましたよ～。電話で聞いたのが三組、あと一組は直接会ってもいいとのことなので訪問してきました。あ、黒島さんも座ってね～」

「は、はい、すみません」

　伊藤さんが手にしているメモを確認しているうちに、私はそっと九条さんの目の前に座った。すると九条さんが私にお菓子の箱をずいっと差し出してきたので、特にいらなかったけれど一本頂く。伊藤さんは頭を掻きながら報告をし始めた。

「えーと、共通してるのは『女』ですね。どの方たちもそう言っていました」

　私と九条さんの目が合う。先ほど部屋の前で視えた女の人は、やはりあそこに住ま

う霊なのだろうか。

伊藤さんはメモを見つめながら話す。

「まず、リフォームしてから初めて入った人たちです」

一、Aさんの証言　家族構成……夫、妻
引っ越しして一週間は何事もなく過ごしていた。周りも静かで住みやすい場所なので大変気に入っていた。だがある日から、しまっておいたものなどが勝手に移動したりなくなったりすることが増える。初めは気のせいだと思っていたが、それは徐々に悪化。二人でしっかり確認して収納したものがなぜか風呂場から見つかり、いよいよ不気味に思えてくる。

もしや留守中に誰かが侵入しているのではと疑いカメラを設置すると、誰もいないのにものだけが勝手に床に落ち、引きずられるように移動していたのを見て引っ越しを決意（この時の映像はすでに処分）。

引っ越し先を探している最中、夜中トイレに起きた妻がドアを開けた時、黒髪の女性が立っていたのを目撃し、そのまま気絶。逃げるように二人で妻の実家へと引っ越した。

二、Bさんの証言　家族構成……夫、妻、子供（二）

引っ越して約一週間後、最近ようやく言葉を話せるようになってきた娘が、やたらと何もない空間に話しかけたり見つめたりしていた。子供にはよくあることと初めは特に気にしていなかった。

ある日妻が洗濯物を干していたところ、背後で一人遊んでいた娘がきゃっきゃっと声を上げて笑っていた。何気なくそちらを見た時、壁から二本の白い腕が伸びて娘に近づいている様子が目に入る。

すぐさま娘を抱いて家を飛び出し、そのまま戻ることはなかった。荷物の整理などは全て夫と業者に頼んだ。娘に何があったか尋ねると、拙（つたな）い言葉でこう述べた。

「おねえさん、だっこ」

三、Cさんの証言　家族構成……夫、妻

暮らし始めて一週間は何も感じることなく平穏に過ごしていた。だがある日、妻が部屋で掃除をしていると、突如浴室からシャワーの音が響いた。見に行くと、なぜか全開でシャワーヘッドから水が出ている。不思議に思いながらも止めて再び掃除に戻った。

しかし、すぐにまた水の音がする。再び浴室へ行くと、今度はシャワーではなく蛇口の方が全開になっていた。この時点で気味が悪くなった妻は、すぐさま夫に連絡して帰ってきてもらう。自身は外の喫茶店で過ごし夫の帰りを待った。

帰宅した夫とアパートへ戻ると、まるで二人の帰宅を待っていたかのように浴室からシャワーの音が響いた。急いでそちらへ向かっていくと、すりガラスになっていた浴室の扉の向こうに何かが見えた。ぼんやりとした形だが、紛れもなく女性のシルエットだった。


「……というのが、ざっと電話で聞いた内容ですね」

伊藤さんはサラリとそう述べた。私は次々起こる怪奇現象に寒気を感じつつも、何より伊藤さんの話術に震え上がった。まるでプロの話し手のように聞きやすく、余計に怖いエピソードと化していたのだ。

それに、よく電話一本でここまで聞き出せたなと、私はそっちに興味が移ってしまった。井戸田さんは引っ越しの時何も話してもらえなかったと言ってたのに……これも伊藤さんの人徳がなせる術なのだろうか。

九条さんは慣れているのかそこには何も突っ込まず、淡々と聞いた。

「なるほど、確かにどのエピソードも女性が出てきますね」

「最後の一人が十日で出ていってしまったという男性ですね。この近くに住んでいたので、アポ取って会ってきました」

そう言って、伊藤さんはポケットからレコーダーを取り出した。

「本人に許可を取って録音してきました。これです」

伊藤さんは手早く操作すると、音量を上げて私たちに聞こえるよう差し出した。機械からは若そうな男の人の声と、穏やかな伊藤さんの声が聞こえてくる。

「えーと、今回は一人暮らしの男性の方ですね。単身赴任だったそうで」

私と九条さんはレコーダーを見つめた。


『……てことでじゃあ、ちょっと録音しますね』

『あ、はい……』

『あ、緊張しないでくださいね。話せる範囲で構いませんし、言いたくないことは言わなくていいです。でもこういう経験って、周りの人に聞いてもらいたい時もあるでしょう？』

『そうですね、周りに言っても信じてもらえないかと思います……』

『僕は全部信じますよ。こういう仕事してますから。あ、そちらから見たら怪しい男でしょうけどねー』

『ははは！』

『変な壺とかお札売りませんから！』

『ええ、分かりました』

『今回は十日で退去されたとか』

『入って初日から、おかしかったんです』

『と、いいますと？』

『僕、ご覧の通りかなり短髪なんですけど、引っ越す時にしっかり掃除したはずなのに、明らかに僕より長い髪があちこちに落ちてて』

『女性の髪、でしょうか？』

『そうだと思います。その時点ではそこまで気にしてなかったんですけど、越して翌日、一人で晩酌してたら、女性の泣き声が聞こえてきたんです。外とか隣の部屋かなぁと思ったけど、どうも違う。部屋の中から聞こえてくるんです。さすがに怖くなって、勇気を出して部屋中漁（あさ）って原因を探したけれど見つからず、いつの間にか泣き声は消えていました』

『なるほど……不気味ですね……』

『その他にも置いていた物が移動していたり、テレビが勝手についたり、まあありがちな恐怖体験をひと通りやりまして』

『それは大変でしたね……』

『ただ、自分はそういう非科学的なことを信じないタイプだったんです。今まで経験もしたことなかったし……だから自分の頭がおかしいのかなって。仕事休んで精神科でも受診しようと思ってたんですけど』

『けど？』

『……ある夜、寝てたら……突然目が覚めたんです。真っ黒な人影が体の上に座ってました。幻覚かなとも思ったんですけど、どう考えても幻覚なんかじゃない。その黒い塊は顔を寄せてきて、女の声で一言言ったんです』

『……なんて？』

『違う、って』

「……で、耐えられず十日で退去。無論引っ越してからは変なことは何も起こっていない、というわけです」

伊藤さんがレコーダーを止める。九条さんはじっと手に持ったお菓子を見つめながら何やら考えていた。

「違う、ですか……」

「そっちは何か視えたんです？」

「とりあえずカメラの設置だけしてきました。黒島さんが女性の姿を一瞬視たくらいです。あと長い髪の毛も」

「わお、やっぱり女ですか」

「あのアパートで死んだ女性の情報はありますか」

伊藤さんは頭をぽりぽりと掻きながら眉尻を下げた。

「それなんですけどねー。今朝も言いましたけど、事件性が低いものは記事にならないし、かなり昔のことみたいだしで、ネットとかでは無理そうですね。だから、あのアパートにリフォーム前に住んでいた人たちに話を伺いたくて、井戸田さんに連絡先を確認してもらってます」

「なるほど、それでいきましょう。黒島さんが見た女性というのが裸だったらしいので、風呂場で死亡した線もあると見ています」

「ほうほう。分かりました！」

　ポンポンと交わされる会話にただ黙って聞いているだけの私は、ほうっと感心してしまう。凄い、私はさっきの証言を聞いているだけで精一杯なのに、二人ともしっかり状況を整理して真実に迫ろうとしている。私はなかなかあんな風に頭が回転しない。羨望の眼差しで二人を見比べた。

「凄いですね、お二人とも……そんな冷静に対処出来るなんて。尊敬します」

　伊藤さんは面食らったように目を一瞬丸くさせ、すぐに照れたように笑った。

「やだなー、どう頑張ったって僕は視ることは出来ないんだから！　黒島さんには敵わないよー」

「わ、私のは生まれつき持っていたものなだけで、自分の能力とかではないですし……」

「生まれ持った才能ってやつだね！　持ってるだけでもそれは自分の長所なんだから」

　そんなことを言われ、驚いた。長所、だなんて。

　こんな力、今まで邪魔としか思ったことなかったのに、そんな風に言われる日が来るなんて思ってなかった。つい口元が緩む。

「……ありがとうございます」

「さ、僕は情報収集進めますね。九条さんたちはどうするんです？　エアコンもない部屋で一晩は過酷ですしねー。ストーブでも持ち込みます？」

　私と伊藤さんは九条さんを見る。彼はこちらの質問には答えず、全く別の話題を口にした。

「最後の男性はともかく、他の人たちは怪奇現象が起こるまで少し時間がかかっていますね」

「え？　ああそうですね……なぜなんでしょうか？」

　言われて私は伊藤さんの話を思い出す。大体一週間くらいして何か起こり出した、と証言にはあった。確かに、時間を要している人の方が多いようだ。私は首を傾げるが、九条さんはなんの問題もなしとばかりに答えた。

「相性でしょうね。霊から見てちょっかいかけやすかったんでしょう」

「やだな、そんな相性……」

「問題なのは、調査にも時間がかかる可能性があるということです。設置したカメラに何か映っていればいいですけれど、あそこに住むわけにもいきませんし、霊の正体がなかなか掴めません」

　九条さんがそう言ったと同時に、伊藤さんの力ない声が聞こえた。

「ええ～……もしかして、現場ですか～……？」

見ると伊藤さんが項垂(うなだ)れている。九条さんが淡々と答えた。

「まだ決まりじゃないですけど、その可能性があることは覚えておいてください」

「あーあー」

珍しく顔を歪めて嫌そうな表情をしている伊藤さん。いつもニコニコしているのに、こんな表情は初めてかもしれない。一体なんの話をしているのだろうか。

「あの、現場って？」

その質問に答えたのは、伊藤さんではなく九条さんだった。表情一つ変えず、彼は言う。

「伊藤さんに現場に来てもらいます」

「え、でも伊藤さんって視えないんですよね？」

「以前、『伊藤さんはエサだ』と説明したことがあったと思います。彼自身は何も視えませんが、非常に霊に近寄られやすく懐かれやすいんです」

「ええ!?」

私は目を丸くして伊藤さんを見る。彼は心底嫌そうに口を尖らせていた。元々幼く見える伊藤さんがそんな表情をすると、少し可愛い、なんて思ってしまった。それより確かに、出会ってすぐの頃、九条さんが伊藤さんをエサ呼ばわりしていたことがある。深くはツッコまなかったが、あれはそういう意味だったのか。

　伊藤さんは目を据わらせている。

「そりゃ僕視えないんだけどさー、こう、なんか引き寄せやすいみたいなんだよね……体調を崩すこともあるから、あんまり行きたくないんだけど」

「体調崩すんですか、それは嫌ですね……」

「普段は、ちゃんとしたお寺で特別に作ってもらったお守りを持ってるから大丈夫なんだ。でも現場の時はそれを置いていかなくちゃいけなくて。まあ、視えないから怖い思いもしないし、ちょっと体調悪いな～ぐらいなんだけどさ」

　霊を引き寄せるエサとして働かされるのを不憫に思ったが、それより納得してしまっている自分がいた。伊藤さんは本当に人に安心感をもたらすオーラが凄い。それを霊も分かっているのだ。懐かれやすいっていうのは不思議な話ではない。

　九条さんは腕を組んで考えながら言った。

「とりあえず、一旦またあの部屋に戻りましょう。霊が姿を現してくれれば、伊藤さんの現場入りはなくてもいいですし。証言も黒島さんが目撃したのも女性とのことなので、女の霊がいることは間違いなさそうです。あとは昔どのようにして亡くなったかの情報ですね。伊藤さん、頑張ってください」

「はーい……結構前のことみたいですからねぇ。遡(さかのぼ)るの大変だろうな～……」

「黒島さん、早速もう一度アパートに戻りますよ」

「あ、はい！」

私たちが立ち上がると、伊藤さんはヒラヒラと手を振った。そして私と目が合うと、頑張ってね、とばかりに微笑みかけてくれた。ああ、癒(い)やし系だなぁとしみじみ思う。私も会釈(えしゃく)で返すと、すでに事務所から出ていってしまった九条さんの後を慌てて追う。

廊下に出ると、九条さんがエレベーター前まで移動しているのが見えた。私は足早に彼の隣に移動する。見てみると、九条さんは何か考えるようにぼんやりしていた。

「違う……ってなんですかね」

ポツンと呟いたのは、先ほどの伊藤さんの話にあったエピソードのことか。

「その男性を見て言ったんですよね？」

「誰かを探していたのか……」

「あ！　例えばほら、実は死んだ原因は他殺で、その犯人を探してる、っていうよくあるパターンでは……」

私は閃(ひらめ)いたとばかりに笑顔で言ってみるが、九条さんはあっさり却下した。

「事故死、ならその可能性はありますが、病死となればちゃんと司法解剖されているでしょう。他殺は難しいのでは」

「それもそうか……」

　私もあっさり納得した。病死と判断されたとなれば、他殺である可能性はさすがに低い。

「まあ、その病死したという情報自体が誤っている可能性もありますけどね」

「井戸田さんがおばあさんから聞いた情報ですしね」

「もし自殺や事故死なら、黒島さんの説はありえます。しかしその割には、視えた時、あまり邪悪な感じはなかったと言ってましたね？」

　言われてあっと思い出す。そうだ、後ろ姿しか見えなかったけれど、悪い感じは伝わってこなかった。どこか物悲しい感じの後ろ姿だった。

「ええ、そうでした！」

「私の経験上、怨みを強く持って亡くなった方は、時間が経つにつれて邪悪化することが多いです」

「同感です。病院で見たすずさんは、あと少しでヤバいものになりそうでした」

「他人に殺されたなどの場合は、最も強い恨みのはず。これだけ長い間犯人が捕まっていないとなれば、悪霊化している可能性は極めて高いかと」

「そんな感じはありませんでした……やっぱり殺人の線は低そうですね。じゃあ、何が違ったんだろう」

首を捻って考えるも、私の頭では何も思い浮かばない。九条さんも不思議そうに呟く。

「探し物をしていることは間違いなさそうですけどね……それが何なのか、誰なのか……」

彼の言葉を聞きながら、私はふとあることに気づいた。そしてチラリと九条さんの目の前にある物を見て、口を開く。

「……九条さん」

「来ませんね、エレベーター」

「ボタン押してないからですよ！」

彼のすぐ前にあるボタンは点灯していない。私たちは呼び出してもないエレベーターを待ち続けていたのだ。呆れて私が手を伸ばしボタンを押した。九条さんはようやく気がついたようで目を丸くする。

「全然気づきませんでした」

「九条さんって集中力高いですよね」

「褒めてもらってありがとうございます」

「褒め……てるかな、うん、そうですね」

もはやツッコむ気力もない私は適当に流すと、ようやく辿り着いたエレベーターに乗り込むことに成功したのだった。


再び例のアパートに戻ってきた私たちは、すぐに二階の部屋へと向かった。相変わらず静かでなんの変哲もないアパートだ。一度住民とすれ違ったが、穏やかそうな夫婦で、挨拶をしてくれた。まさか私たちが、怪奇現象の調査に来ているとは思いもしないだろう。

「映ってますかね」

廊下を歩きながら私が尋ねると、九条さんは「どうでしょう」と答える。

「あまり時間が経ってませんしね……可能性は低いかもしれません。映ってなければとりあえずしばらく滞在して様子見、時間がかかりそうなら伊藤さん召喚です」

「そんなに凄いんですか？　伊藤さんの引き寄せる力」

「何度か現場に来てもらいましたが、とてつもないですよ。あの体質があって、以前も私の事務所に相談に来る羽目になったんですがね。よく今まで無事に生きてこれたと感心するレベルです」

「ひぇっ……」

「今はお守りがあれば、その辺の霊は寄ってこないので安心です。あれがなくては、彼は延々体調不良に悩まされることになります」

そんなに凄いんだ、伊藤さんの能力。そこまで言われるとちょっと見てみたい。そんな不謹慎なことを考えつつ黒いドアの前に辿り着く。九条さんがポケットから鍵を取り出してドアを開けた。

その瞬間、ほんの少しの風が私たちの頬を掠めた。外は凍てつく寒さだというのに、中から吹き出た僅かな空気は、どこか生温く感じる。ふわりとしたそれが私の髪を揺らした時、言い知れぬ不安を覚えた。言葉で説明し難い違和感と不穏な空気が、私たちを包み込む。

「……九条さん」

ポツリとその名を呼ぶと、彼は何も言わず中へ入った。その表情は厳しくなっている。彼も同じものを感じているのだろう。私も靴を脱ぎ捨てて中へ歩みを進めてみれば、リビングを見た九条さんが立ち尽くしているのに気づき、やや怖気づく。それでもなんとか勇気を振り絞ってリビングへ入ってみれば、中の惨状に言葉をなくした。

私が事務所から持ち込んだ荷物が散乱していた。まるで泥棒でも入ったのかと疑ってしまうほどに。荷物が入っていた紙袋は怒りに任せたように引きちぎられていた。九条さんのパッキーは中身が取り出され、粉々に潰されて床に落ちている。私は唖然として見回した。

「……どうやら私たちは歓迎されていないようですね」

九条さんの言葉にゾッとした。私は少し震えつつもなんとか声を出した。

「お、怒ってるんですかね……」

「そのように見えますね。ただ肝心の本人はいない、と」

九条さんは怖がる様子もなく、そのままズカズカと中へ入った。途中ボロボロにされたお菓子のカスを踏みつけてしまい、悲しげに足の裏を覗いた。私もゆっくりと中へと入る。九条さんっていつも表情変わらないし、恐怖という感情が抜け落ちているのだろうか。それとも、慣れなのだろうか。

怯えながら辺りを見回すが、確かに誰の姿も視えない。ここで女の霊が立っていたら叫び声を上げただろうが、そんなものはいなかった。霊がいなきゃ解決出来ないのだが、いないことに安堵してしまう。

九条さんは一つ一つの部屋を細かに確認すると、諦めたようにため息をついた。

「本体は姿を現しませんね……録画を見てみましょうか。どんな霊がどのように動いているか分かるだけでも、真実に近づけることはあります」

九条さんは置いてあるモニターの前に立ち、何やら操作する。私はそれを背後から覗き込んだ。緊張しながら彼の手元を見つめる。

「ところで黒島さん」

「はい？」

「落ちてますよ」

九条さんはモニターから目を離さずに、ゆっくり左側を指さした。そちらに視線を移すと、部屋の端に小さな布が転がっているのが見える。じっと目を凝らした。

「うわぁぁぁぁ！」

その途端、私は叫び声を上げながら、狭い部屋で全力のスライディングをかます。着替えのために持ってきていた私のパンツだ。慌てて掴んだそれをすぐに腹の下に隠し、顔を熱くさせながら非難する。

「も、もっと早く言ってくださいよ！」

「黒島さんが自分で気づくのを待っていたんですけど、全然なので」

「やり方が雑すぎます！　もうちょっとこう……自然と私がこの辺に来るように促すとか出来ませんかね⁉」

「なるほど。そういった方法が最善だったんですね、勉強になりました。次からそうします」

「部屋の隅っこにパンツ落ちてることなんてそうそうないですよ！」

「それもそうですね。再生しますよ」

人の下着を見ても何も反応なしとは。この能面が憎たらしくなってきた。私のパンツにはそんなに価値がないか！　私は赤面しながらこっそりポケットにブツを入れ込んだ。次から着替えは車に置いておく。絶対怪奇現象が起きる部屋なんかに置きっぱなしにしない！

完全に恐怖心が吹き飛んでしまった私は、開き直って堂々と九条さんに近づいた。恥ずかしがっているとなお気まずいので、私も平然としてやる。

床にしゃがみ込んだ彼の背後からモニターを覗(のぞ)き込むと、このリビング全体が映されている映像が流れていた。

「私たちが部屋から出た直後です」

「裸の女性が映ってますかね……」

「あなたのパンツ貸してあげたいですね」

「話を蒸し返さないでください！」

緊張感など皆無の状態で映像を見つめる九条さん。デリカシーのかけらもないマイペース男に呆れていると、ふと映像に乱れを見つけた。誰もいない部屋が映っている中、画面下側に少しずつノイズが入り、映像が波打つように揺れてくる。

九条さんは音量を上げた。不愉快なノイズの音が聞こえると同時に、画面の揺れが次第に大きくなってくる。三十秒、一分。時間の経過と共にリビングの部屋は歪みを広める。私の紙袋はまだ無事だ、右端にちゃんと置かれているのが確認出来る。

強い緊張感の中、息を呑んでモニターに見入っていると、五分ほど経った頃、画面の波は更に大きく全体に広がっていた。目に疲れを覚え手で擦(こす)った瞬間、画面上部に黒い影を見つける。

「……あれ、九条さん」

私は指さして呼び掛けるが、九条さんは黙ったまま何も反応しなかった。黒い影は徐々に範囲を増やしてきた。それが影ではないということに、ようやく気づく。

「……く、九条さん、これは……」

「髪の毛ですね」

画面の上から垂れてきているのは無数の髪の毛だった。うねうねとまるで生き物のように髪たちが降ってくる。私は急に怖くなって、つい目の前にある九条さんの肩を掴んだ。あまりの不気味さに目を閉じてしまいたくなる。だが、ここで目を閉じては仕事にならない。

画面の上部三分の一ほどが、垂れ下がった髪の毛で真っ黒になる。そこでピタリとノイズや髪の動きが止まった。物音もなく、しん……とした部屋の状態が続く。心臓が痛くなるほどに緊張しながらそれを見つめ続けていた時だった。

突如、髪の毛が動いた。ほんの一瞬、画面上半分に、逆さでこちらを覗き込む顔がドアップで映し出される。ギョロリとした三白眼は、睨みつけるように私たちを見ていた。

「きゃ！」

私が思わず声を上げた瞬間、画面はプツリと消えて真っ暗になった。すぐに九条さんが何やら操作するが、もう映像は再生出来なかった。

私は心臓をバクバクさせながら深呼吸をする。あんなのが近くにいるというのか。凄い目つきでこっちを見ていた。先ほどの一瞬では性別すらよく分からず、ただ真っ白な肌に生を感じない瞳だけだった。

「……だめですね、ここから先はもう映ってません」

「え、じゃあの一瞬だけですか……」

「あれでは着衣どころか性別も不明でしたね。結局分からないことだらけです」

「もうびっくりして心臓止まるかと……」

「その上私たちは、どうやら霊に嫌われているらしい。調査を遂行するにはこのままでは苦労しそうです」

私ははっとして九条さんを見る。未だ彼の黒い洋服を握りしめているままだということも忘れて。

九条さんはポケットからスマートフォンを取り出した。

「伊藤さん召喚です」


一時間ほどした後、力なく伊藤さんが現れた。普段事務所でしか彼を見ないため、現場にいる姿はどこか新鮮に感じた。彼は、はあーと大きくため息をつき、手に持っていたビニール袋をどさりと床に置いた。

「電話で九条さんから事情聞いたので、来る途中で色々買ってきました。食べ物に飲み物。遅い昼食にしましょ」

「わ、伊藤さん、ありがとうございます……」

「あと小型のヒーター持ってきた。寒いよねー」

「神様ですか？」

伊藤さんが来るまでに、部屋はそれなりに片付けておいた。拾い切れないお菓子のカスが落ちているけれど、掃除機なんてものはないのだから仕方ない。

相変わらずの伊藤さんの気遣いに感謝しつつ、私たちは床に座り込んだ。伊藤さんが早速点けてくれたヒーターを中心に固まる。九条さんはいつの間にか袋を漁ってパッキーを見つけ出し、封を開けている。

「……で、これからどうするんですか？　伊藤さんも来てくれたわけですけど……」

私が尋ねると、パッキーを夢中で齧りながら九条さんは言う。

「あとは待つのみです。大丈夫です、伊藤さんが来たなら今夜中に必ず来ます」

「そこまで断言出来るって凄い……」

「はいはい、じゃあ、裸の女性が僕の前に出てきてくれるまで待ちますかね～。ご飯食べましょう。黒島さん、おにぎりどれがいい？」

「あ、では梅で……」

「これ温かい野菜スープ。九条さんも飲んでくださいよ。糖尿病になりますよー」

テキパキとみんなに食べ物やスプーンを配る伊藤さんに、女子力が完敗していることを素直に認めた。多分サラダの大皿が出てきても、取り分けるのは私ではなく伊藤さんだろう。バランスよく取り分けてくれる様子が目に浮かぶ。

そんな想像をしながら、私はもらったおにぎりを早速頬張り、温かいスープを飲む。室内とはいえ真冬にエアコンもない部屋は、寒くて地獄だった。体が温まるのを感じてほっと息をつき、目の前の二人を眺める。そういえば三人でご飯なんて初めてだな。タイプはまるで違う二人だけどいい人たちに囲まれて、ご飯がいっそう美味しく感じる。そう考え、一人そっと微笑んだ。

伊藤さんはサンドイッチを口いっぱいに頬張って憂鬱そうに呟く。

「とりあえずここでエサになった後は、情報収集続行ですねー……井戸田さんから昔住んでいた人たちの連絡先を何人かもらいました。電話もしたけど、この部屋について知ってる人はまだいないんですよねぇ」

「しかし、自分が住んでいるアパートで死人が出たとなれば記憶に残るはず」

「そうなんですよ。だからその事件があった時、ここに住んでいた人に当たればすぐ分かりそうなもんですけど、なんせいつ頃のことかも井戸田さんは知らないわけじゃないですか。かなり昔ではあるみたいですが」

「それなんですが」

九条さんは野菜のスープを熱そうに啜りながら言う。

「なぜ井戸田さんのおばあさんは、この部屋について彼女に何も言わなかったんでしょう」

　伊藤さんがお茶をぐいっと飲んですぐに答える。

「そりゃ、お化けが出るなんて気味悪い話、孫にしたくなかったんじゃ？」

「一理ありますが、自分が死んだ後アパートを継ぐのは井戸田さんです。遺言まで残していた。井戸田さんが子供だったら話は別ですが、もうれっきとした大人。この部屋についてあまりに説明不足かと思います。何か理由があるのか……」

　言われてみればそれもそうだ、と私と伊藤さんは頷いた。伝えにくい気持ちは分かるが井戸田さんはしっかり者のようだし、普通ならちゃんと話すべきことだ。伊藤さんも腕を組んで考え込んでしまう。

「確かにそうですね……なんでちゃんと話さなかったんだろう？　そうしてたら井戸田さんもここまで困ってないのに……」

　三人で考え込み沈黙が流れる。が、考えても分からない。本当に情報が少なすぎるからだ。九条さんも諦めたのか、再びスープを啜（すす）って話を切り替えた。

「まあここで議論しても正解へ辿（たど）り着くとは思えませんね。霊が出てきてくれれば、その人に直接聞いてみるのが早い」

「ま、そうですね。食べ終わったら僕寝ますね」

急いでサンドイッチを口に入れる伊藤さんに、私は疑問を投げ掛ける。

「寝るんですか？」

「うん、人間って寝てる時が一番無防備でしょ？　出やすいんだってさ。だから僕はとにかく寝るのが仕事なの」

「そ、それはまた……ご苦労様です……」

「あー毛布持ってくるの忘れた。まあいっか、ヒーターがあれば」

食べ物をパクパクと口に入れてお茶を飲み干すと、伊藤さんはそのままゴロリと床に寝そべった。私は慌てて立ち上がり自分のコートを掛ける。こんな寒い部屋で冷たい床に寝るなんて、風邪をひいてしまう。

「伊藤さん、これ使ってください。風邪ひいちゃいます」

「え？　わーありがとう！　さすが女の子は気遣いが違うよね～」

「伊藤さんにはまるで敵いませんよ……あ、九条さんのも貸してあげてください」

そばでスープを啜る彼にそう呼びかけると、小さな声で「はあ、どうぞ」と答えた。

私は九条さんの黒いコートも手に取り、伊藤さんに掛ける。

「無理しないでくださいね」

「あはは、大丈夫大丈夫！　僕は寝るだけだから！　あとはよろしくね」

伊藤さんはそう言って笑うと、猫のように丸くなり目を閉じた。九条さんの黒いコートにすっぽり顔も埋めてなんだか可愛い。伊藤さんになるべくヒーターが当たるよう位置を調整すると、私は元いた場所にまた座った。壁にもたれ掛かり、食べかけのおにぎりを頬張る。

なんとなく窓の外を見た。カーテンすらかかっていない窓からは青空が見える。カラスが一羽、飛んでいくのが見えた。

「いりますか、一本」

隣から声が聞こえたのでそちらを見れば、九条さんが例のお菓子を私に差し出していた。苦笑して断る。

「まだおにぎり食べてますもん。いいです」

「合いますよ。おにぎりとパッキー」

「さすがに絶対嘘だと分かります」

九条さんは不満げに手を引いた。彼は本当に合うと思っているのか、まだスープやおにぎりが手元に残っているのにパッキーを頬張っている。

「九条さんはそのお菓子以外に何が好きなんですか？」

伊藤さんが寝ているので小声で尋ねてみた。九条さんは考えるように首を傾げる。

「……なんでしょう」

「お酒とかタバコとか？」

「飲もうと思えば飲めますが、基本いりません。タバコは臭いが苦手です」

「あー、ギャンブルとかは？」

「賭け事にはまるで興味ありません」

「じゃあ、映画？　テレビ？」

「流れてれば見ますけど、特に好きで仕方ない、というわけではないですね。あくまで暇潰しです」

「旅行！　アウトドア！」

「家が一番ですよね」

これでもかと思いつく限りの娯楽を挙げてみたが、一つも当てはまらない。この男は一体何に興味があるのだ、と九条さんを見つめる。普段はどんな生活をしているのか、九条さんの一日を覗いてみたい。もはや珍獣だ。

異性にも興味とかあるんだろうか。この人からはそういった匂いがまるでしない。せっかく顔はとんでもないイケメンだというのに。

「九条さん、彼女いるんですか?」

私はおにぎりを食べながらストレートに聞いた。多分いないだろうな、なんて失礼なことを思いながら、からかい半分で。前の依頼で、美人看護師に食事に誘われていたのを断っていたが、彼女がいるという理由ではなく、単に興味がなかっただけだと思っている。

彼はその質問に対してあっさり答えてくれた。

「今はいません」

ふとおにぎりを食べる手を止めた。今は、という言葉がなんだか予想外だったのだ。最近までいたということだろうか。

意外ではあった。だが考えてみれば、変人だけどこれだけ男前だし、根は悪い人じゃない。彼女くらいいてもおかしくはないだろう。ただ、今までの言動を見てきて、九条さんが彼女と過ごす姿なんて想像がつかないが。

そうか、九条さんも人間らしいところがあるんだなあ、なんて失礼なことを思う。一体、どんな人と付き合うというのだろう?

私は無言で残りのおにぎりを口いっぱいに入れた。梅の酸味が広がる。こんなに変わった人でも、彼女とデートとかするんだ。彼女といる時はもっと笑うんだろうか。

思えばラーメンを食べに行った時も、意外とスマートに奢ってもらったし……駄目だ、なんで一人でこんなことを考えているんだろう。

「黒島さん、眉間に凄いシワ寄ってますよ」

「あ！」

慌てて眉間をさすった。チラリと彼の方を見れば、何も考えてないように水を飲んでいる。なんとなく気まずくなった私は膝を抱えた。会話が途切れた部屋に、伊藤さんの寝息が聞こえる。もう寝てしまったのだろうか。

静寂の中、寒さを感じて足先をさすり、意味もなく再び窓の外を眺めてみた。相変わらず皮肉なほどに空は青い。

食べ終えたゴミを手に取り小さくまとめる。外からは微かに子供が遊ぶ声が聞こえた。無邪気な声が、心を落ち着かせてくれるようだ。目を細めて、その平和な声に耳を傾けていた。

だが次の瞬間、突如辺りが真っ暗になった。あれっと周囲を見回す。停電だろうか？そう考えて、すぐに自分で否定する。停電したって外は明るいのだから、この暗闇の説明はつかない。となると……

はっとして窓の外を見た。先ほどまで青かった空は真っ暗になっていたのだ。私は呆然と夜空を見つめる。

まさか、今は夜？　私はいつの間にか寝ていたのだろうか。だがそれはありえない。いくら疲れていたとしても、居眠りしてしまったことに気がつかないほど鈍感ではない。寝入った感覚も目が覚めた感覚も何もなく、たった一瞬で昼から夜に変わってしまった、そんな印象なのだ。

暗闇の中、伊藤さんの穏やかな寝息だけが聞こえた。この異常な部屋にその音は酷くアンバランスに思える。

私が慌てて電気を点けるため立ち上がろうとした瞬間、腕を掴（つか）まれた。叫び出しそうなのを抑えてそちらを見れば、暗がりの中見えたのは九条さんだった。ぼんやり浮かび上がる彼の顔は、いつになく真剣で鋭い視線だ。

私は何も言わず動くのをやめた。右腕に伝わる九条さんの手の温もりが安心感を与えてくれる。

九条さんはゆっくり視線を動かした。リビングの出入り口の方だ。私も同じようにそちらを見る。暗がりにやや慣れてきた目が、扉がゆっくり開くのを認識した。

キイイ……という微（かす）かな音が部屋全体に響き渡る。

自分の呼吸の音さえしてはならない気がして、私は手で口を押さえた。相変わらず九条さんはしっかり私の腕を握っている。二人で無言のまま出入り口を見つめた。そのままどれほど時が経っただろうか。とてつもなく長く感じた。

ついに、その扉から影が見えた。漏れそうな悲鳴をなんとか呑み込む。

中に入ってきたのは女性だった。酷く猫背で、俯（うつむ）いた状態だ。髪が垂れ下がり顔はよく見えない。ただ、一糸纏（まと）わぬ姿だった。女は小さな歩幅でゆっくりゆっくり室内へ入ってきた。両腕はだらんと垂らし、歩くたびまるで物のようにそれが揺れる。

彼女は寝ている伊藤さん目掛けて真っ直ぐに歩き続けた。その伊藤さんは、気持ちよさそうに寝たまま気づく様子はない。

女は寝ている伊藤さんのすぐ隣に立った。生気のない青白い腕を僅（わず）かに揺らし、俯（うつむ）いた様子でじっと見下ろしている。しばらくそうした後、彼女は腰を曲げて伊藤さんの顔を覗（のぞ）き込んだ。私は伊藤さんが心配になり、つい九条さんの方を見て目で訴える。だが、彼は無言のまま伊藤さんたちを見続けた。

女は長い時間、至近距離で伊藤さんを見つめ続ける。伊藤さんは相変わらず気持ちよさそうに寝ている。その異様な光景に、この寒さの中額（ひたい）に汗をかく自分がいた。そして長い長い静寂の後、ついに女が動いた。

ほんの少し、首を横に振ったのだ。

ろうか。

……違う、ということ？

入居していた人も、女に『違う』と言われていた。やっぱり誰かを探しているのだろうか。

「どなたをお探しですか」

突如、九条さんが声を掛けた。女の肩がピクンと動く。私はごくりと唾を呑み込み、女に目を向ける。何か答えるだろうか。九条さんはなおも続ける。

「何かを探したくてここに残っているのですか」

女は未だ頭を垂らしたままなので、髪の毛で顔は見えない。見たいような、でも見たくないような複雑な感情が湧く。一体どんな表情をしているのだろうか。

すると、女の肩がほんの少し震え出した。それと同時に、すすり泣く声が聞こえた。消え入りそうな高い声に、苦しそうな息遣い。その悲痛な泣き声は、私から恐怖心を払った。とても可哀想に思えたのだ。何年も誰かを探し続けているこの人を。

「教えてください。何を探しているのですか」

再び九条さんが尋ねる。しばらくして、彼は少しだけ眉を顰めた。私には泣き声しか聞こえないが、九条さんには言葉が聞こえているのだろうか。

「なんです？　あなたの……」

　九条さんがそう言いかけた瞬間、部屋にインターホンの音が鳴り響いた。場違いな明るい音がすると同時に、女はその場から消えてしまった。そしてインターホンの音に反応し、伊藤さんがパチリと目を開けた。まだとろんとした寝起きの目で何度か瞬（まばた）きした後、欠伸（あくび）をしながら上半身を起こす。

「ん～起きたー……って、え？　もう夜ですか!?　結構寝ましたねー僕」

　外が真っ暗なのを見て伊藤さんが驚く。どうやら夜が訪れているのは幻覚ではなく本当らしい。九条さんはスマートフォンを取り出して時刻を確認し、私は立ち上がり部屋の電気を点けた。暗闇に慣れてしまった目に明かりが眩（まぶ）しい。九条さんは私にスマートフォンの画面を見せた。

「十八時……ですね」

「う、うそ、そんなに経ちました……？」

「みたいです」

　九条さんの様子を見るに、恐らく彼も私と同じ感覚のようだ。昼から一気に時間が過ぎて夜になってしまったこの不思議な体験をしたのが、自分一人だけではないことに少しだけ安堵する。伊藤さんは何が起きているのかまるで分かっていないので、気持ちよさそうに伸びをしていた。

「それで、出ました～？　裸の女性」

「あ、それが……」

私が言いかけた時、再びインターホンの音が鳴り響いた。すっかり忘れていた。さっきも鳴ったのに。

「誰でしょう？　こんな時に……」

私は一番出口に近かったため廊下へと出た。ここは本来空室なので、訪問者など来ないはずだ。何かの勧誘や訪問販売だろうか。玄関に向かいドアスコープで外を覗いてみれば、井戸田さんが立っているのが見えた。

「あ……井戸田さんです！」

私はリビングにいる二人にそう声を張り上げると、玄関のドアを開けた。そこには、以前と同様、背筋を伸ばして髪を一つ結びにした彼女が凛と立っていた。

「こんばんは。井戸田さん、どうされました？」

「こんばんは」

私の挨拶に、丁寧にお辞儀を返してくれる。ふと彼女の手元を見れば、大きなビニール袋を持っていた。更には足元に電気ストーブが見える。

「調査中にすみません。差し入れをと思って持ってきたんです」

「え……わざわざですか！」

「それに、この部屋にエアコンがないことをさっき思い出して。元々ついていたんですけど、最後に退去された方がよほど慌てていたのか、間違って持っていかれてしまったんです。調査が終わったらまた返却してもらう約束で……」

十日で出ていった男の人のことだ。本当に慌てていたらしい。

「ストーブも持ってきました。よろしければ」

私が笑顔で頭を下げたと同時に、背後から九条さんが顔を出した。

「こんばんは、井戸田さん」

「あ、こんばんは。差し入れをお持ちしました」

「どうもありがとうございます。進捗状況をお話ししたいので、上がって頂けますか」

「分かりました」

井戸田さんは頷き、荷物を持って部屋に上がる。彼女が持ってきてくれた袋を受け取ると、そこには食べ物や飲み物が入っていた。井戸田さんの気遣いがとても嬉しい。

リビングへ行くと、伊藤さんが起き上がって私と九条さんのコートを畳んでくれていた。

「あ、井戸田さん、こんばんは～」

「伊藤さん、こんばんは。丁度よかったです。昔うちのアパートに住んでいた人の連絡先、また数名分かったのでお待ちしました」

「ありがとうございます、助かります」

井戸田さんはポケットから紙を取り出して伊藤さんに手渡す。そして、九条さんに向き直った。

「それで調査はいかがでしょうか」

九条さんは頷く。

「女性の霊がいることは間違いありません。私も黒島さんも確認済みです」

「女性、ですか……」

「彼女が、誰かを探してこの世に彷徨（さまよ）っているらしいということまでは分かりました」

「探している……？」

「以前ここに住んでいた人も、顔を見られた後『違う』と言われたと証言しています。そして私たちも、似たような経験をしたんです」

私は九条さんに尋ねた。

「さっき、何か聞こえましたか？　私は泣き声だけ微（かす）かに聞こえましたけど……」

不思議そうにこちらを見てくる井戸田さんに、簡単に説明する。私は視るのが得意で、九条さんは聞くのが得意であるということ。普通の人なら怪しむような説明だが、彼女は感心したように頷いた。

九条さんは私の問いに対し、珍しく困ったように頭を掻いた。

「少し聞こえました。が、泣いているため、しっかり聞き取れませんでした」

「ああ……泣いてましたもんね。聞こえる部分はなんて言ってたんですか？」

「〝どこ〟」

「どこ……やっぱり何か探してますね」

「多分ですが、そう言っていました。あと〝私の〟……」

彼の言葉の続きに注目する。一体女は何を言ったのだろう。九条さんは考えるように腕を組んで、どこか遠くを見るように視線を上げる。

「〝顔〟」

井戸田さんは調査の経過を聞いた後帰宅し、伊藤さんも再び情報収集をするために事務所へ戻ることになった。裸の女性が彼の寝顔を覗(のぞ)き込んでいたことを教えてみたが、あっけらかんとして『気づかなかった』と笑っていた。むしろ今回はあまり体の不調がなかったと喜び帰っていった。

九条さんは暖房器具もあるので、一晩ここにいて様子を見るとのことだった。

彼は意外にも、『黒島さんは事務所に帰ってもいいですよ』と気遣ってくれた。が、それを私は断った。また夜一人でいることにより気分が落ちるのも嫌だし、九条さんが仕事しているのに、私だけ戻るのは良心が痛む。正直今までの私なら、霊が出る部屋で一晩過ごすなんて正気の沙汰ではないと震え上がっただろうが、九条さんもいるし、あんなに泣いている霊が不憫で少し恐怖心が薄れたのだ。

私と九条さんは二人とも座って、時折差し入れをつまみながら、ひたすら時間が経つのを待った。

「伊藤さんパワーほんとにヤバいですね」

ぽつりと呟く。彼が寝てからあっという間に霊は現れた。

「でしょう。あれは並じゃないですよ」

「伊藤さんが寝た途端、夜になって……びっくりしました。時間の感覚が狂わされるなんて」

「なかなか強い力を持った霊ですね。私も驚きました」

全然驚いてるように見えない九条さんは、壁にもたれながら何をするでもなくぼんやり座っていた。私は隣にある電気ストーブに当たりながらお茶を飲む。

「でも伊藤さんが引き寄せるっていうの、なんか分かる気がするんですよね……こう、優しそうなオーラが凄いというか」

「まあ同感ですね。伊藤さんにしろあなたにしろ、人に対する思い入れが強い人ですから」

「え、私もですか？」

突然自分の話題になり、驚いて九条さんを見た。彼はこちらを向いて頷く。

「病院でも入られた後、激しく泣いていたでしょう、感化されやすいんですね。だから入られるんです」

「今回は嫌われてそうですけど……」

「勝手に部屋に入り込んで、更には機材など使って相手を捉えようとしたのが反感を買ったかもしれません」

そうなのだろうか。自分が人への思い入れが強いタイプだなんて思ったことはなかった。むしろあまり人と関わらないことが多かったのだけれど……

「自分ではよく分かりません……人への思い入れが強い、だなんて」

「少なくとも私が神谷すずに入られたとしても、泣きじゃくらない自信はあります」

そう言われて、九条さんが泣き喚く姿を想像した。それがあまりに衝撃的な光景だったため、ついぶはっと笑ってしまう。

「た、確かに想像つきません……」

九条さんは笑われたことには特に何も思っていないようで、話を続ける。

「羨ましいですよ。あなたや伊藤さんのように感情に素直な方々が」

ふと笑いを止めて九条さんを見る。彼がそんなことを言うのは意外だった。なんとなく、人を羨むなんてしないと思っていた。

「そうですか？　私はいつも冷静な九条さんが羨ましい時もありますよ」

「変わってますね、あなた」

「もうちょっと笑った方がイケメン活かせるのに、とも思いますけど」

「はあ、笑うですか。笑ってますけど」

「え、今ですか⁉」

「大爆笑です」

「え⁉　これが大爆笑⁉」

「冗談です」

突然よく分からない冗談を投げるのはやめてほしい。私は口を尖らせた。やっぱり、何を考えてるのかよく分からない人だ。

「にしても、顔ですか……」

話題を変えるようにポツリと九条さんが言う。私は先ほどの光景を思い出す。

顔を探す、って一体どういうことだろう。物じゃあるまいし、第一失くすものだろうか？　九条さんもどこか納得していない様子で言った。

「なんだか一つ一つが繋がりませんね。裸で病死というところまではいいと思いますが、顔を探す？　人の顔を覗き込んで、なぜ『自分の顔を探してる』んでしょう」

「盗まれるものでもないですもんね、顔なんて……」

「それに、井戸田さんの祖母があまりに隠しすぎているのも気になります。……やはり病死ではないのか……殺人？　そこの情報が知りたい。再び出てきてくれればいいのですが、伊藤さんを使いすぎて、彼の体調に支障が出てはなりませんし」

「もう一度話せれば何か分かるかもですもんね。でも私たち嫌われてるみたいだし」

「これは相性の問題ですからね。なんとも」

困ったように息をついた。霊が出てくるのを待つしかないという焦れったい状況。時間だけが無情に過ぎ、時刻はそろそろ二十三時を回ろうとしていた。時計を見た私はふと思い立ち、九条さんに尋ねた。

「あの九条さん、お風呂場ってカメラつけましたよね」

「はい」

「でも洗面所は映りませんよね？」

「はい、浴室の中を映すようにしてますから」

「私ちょっと着替えてきます」

　残念ながら今日はお風呂に入れそうにない。銭湯に行ったきりで正直かなり気分は悪いが致し方ない。調査中はこうなるともう理解している。まだ冬なのは幸いだが、せめて着替えぐらいしたかった。霊に一度散らかされまくった衣類たちは、破れてはいないので着るのには問題はない。

　九条さんは不思議そうに言う。

「マメですね……一日くらい着替えなくても死なないのに」

「私は死ぬ死なないじゃなくて、清潔感のことを考えて言ってるんです。本音を言えばお風呂に入りたいです」

「入ってもいいですよ」

「この冬に水浴びしたら死にますよ」

「そうですね、さすがにガスは通ってませんでしたね」

　この人は頭がいいんだか悪いんだか。私は呆れる。まあ調査中はお風呂に入れないのは仕方ないけど、それにしてもこのイケメンは本当に無頓着である。男の人ってこんなもんなのだろうか。いや、少なくとも伊藤さんは違うと断言出来る。

私は部屋の隅に置いてある荷物から着替えを手にした。

「ではちょっと外します」

「はいどうぞ」

今度はパンツを落とさないように気をつけて移動する。廊下に出た瞬間、冷気が体を包み込んだ。当然ながらリビング以外に暖房器具はないので極寒なのだ。さっさと着替えないと風邪ひきそう。私は急ぎ足で洗面所に行く。

扉を開けて電気を点けると、別段変わった様子は何もない。小さめの洗面台に鏡。浴室へはすりガラスの引き戸。その時、伊藤さんから聞いた元住民のエピソードが脳裏に蘇（よみがえ）る。このすりガラスに女性のシルエットが、って言っていた。

そもそも、もしかしたらお風呂で人が死んだかもしれないんだった。

「ダメだ、思い出しちゃった」

ぶるぶると身震いする。泣いている可哀想な霊、と思っていたけど、一人になるとやっぱり怖い。人間とは心が弱い生き物だ。

一瞬もう着替えなくてもいいかと思ったが、清潔感について九条さんに話した手前、このままの格好では戻れない。一応九条さんも男性だし、必要最低限の身嗜みくらい気にかけねば。

そう思い、急いで服を脱いで着替える。凍えそうな寒さに鳥肌が立つ。ああ温かいお風呂に浸かりたい。もし明日も解決しそうになければ、さすがに一度帰って銭湯に行こう。そんなことを思いながら新しい衣類を手にした時、ふとさっきのパンツ散乱事件を思い出した。私は一人頬を膨らませる。

そりゃ色気のないパンツだったとは思う。近くで安売りしてたやつだ。だってゆっくり買い物する時間もなかったし、今後どうするかも決めてなかったから、適当でいいかと思ったのだ。

でも普通、あんなに無表情でいるものだろうか。私は絶対女として見られていない。そもそも、仕事とはいえ二人きりでこんなアパートに泊まり込むというのに、全然意識されている感じはない。それはそれで別にいいのだが、女性に対する気遣いが足りなすぎて不満だ。いや、今更九条さんに気遣いを求める自分が悪いのか。

はあとため息をついて服を着る。袖を通すと、リビングで少しだけ温まっていた衣類の温度を感じた。着終えた自分が鏡に映る。きっと霊は寒さなんて感じないんだろうなぁ。

裸で羞恥心すらなくして、そんな中で必死に探している物とはなんだろう。

「顔かあ」

ポツンと呟いて鏡を見つめると、自分の困り顔がそこにある。

顔を探しているとは果たしてどういうことなのか。美容整形に失敗して口が裂け……違う違う、これは口裂け女のエピソードだ。顔はよく見えなかったけど、例えば傷だらけだとか、酷い火傷を負っているとかなのだろうか。

なんとなく目の前の鏡に触れてみると、ひんやりとした感触が指先に伝わる。すでに低くなっている体温が、全て抜き取られていくような感覚に陥った。

「……って寒いな。戻ろう」

誰に言うでもなくそう呟き、置いてある服を手にしようとした時、目の前にある蛇口から水が一滴落ちた。反射的にそちらを見る。

再びピチャン、と音を立てて水滴は洗面台へ落下する。私は手を伸ばして蛇口を閉め直す。感覚的にはちゃんと閉まっているように思えたが、緩んでいたのだろうか。だがしかし、再び水滴が落下した。私は首を傾げる。さっきまでこんな水滴が出るようなことなかったはずだけど。

もう一度閉めてみようと腕を伸ばした時、今度は水滴が何度か落下したのに気づいた。

ピチャンピチャンピチャン。

瞬（またた）く間に水が落ちる。それを見た途端、はっとして手を引いた。同時に水は更に速度を増して落ち始めた。蛇口の緩みなどではないことは明確だ。

私は急いで踵（きびす）を返し、外へ出ようとする。震える手で洗面所のドアノブに触れたが、まるで固められたように動かない。一気に焦りと恐怖が押し寄せ、全身から汗が噴き出た。危機感を覚えてすぐに叫ぶ。

「九条さん！　九条さん！」

リビングは廊下を抜けてすぐそこだ。大声を上げれば気づかないわけがない。なのに一向に九条さんに届く気配はなかった。返事も聞こえず、こちらに駆け寄ってきてくれる気配も感じられない。

必死に扉を叩いて叫んだ時、背後の蛇口から水が一気に噴き出る音が響いた。それは明らかに普通ではありえない光景だった。どう見ても、アパートの洗面所にある蛇口から出る水の量とは思えない量が噴射しているのだ。

滝のような水の落ちる音が耳に響く。とんでもない水の勢いに、細い蛇口は悲鳴を上げるように小さく震えていた。

「九条さん！　九条さん！」

水は一気に洗面台から溢れ出た。ありえない量の水はまるで生き物のように私の足元に絡みつく。どれほど扉を叩いてもドアノブを回しても、びくともしない。溢れた水は氷のように冷たく、私から体温を奪う。見下ろすと自分の視界に何かが映った。

水はすでに私の足首まで溜まってきていた。ふと私のすぐそばに、黒い塊があることに気づいた。水の中でゆらゆらと蠢くそれは、どう見ても髪の毛だ。

息が止まる。

水中を泳ぐ髪の毛から目が離せない。水は信じられない速さで洗面所に溜まっていく。水位が上昇するたびに、髪の毛も接近してくる。喉から悲鳴が漏れた。ただそれさえも、水の音でかき消されてしまい耳に届かない。

そして次の瞬間、水の中で私は何者かに足首を強く引かれ、そのまま転倒した。大きな水飛沫を立てながら尻餅をつき、冷えた水に全身が浸かる。水は転んだ私の顎下まで達していた。なんとか立ち上がろうとするも、足首を掴む手は私を離してはくれない。扉を必死に叩いて音を立てるが、やはり反応はない。

命の危機を感じ、焦りが込み上げる。このままでは溺死してしまう。足首を掴む手をなんとか振り払おうとするも、力が強すぎてびくともしない。そうこうしているうちに、水はもう私の口元にまで迫ってきている。もはや溺れ死ぬのは時間の問題だ。なんとか顔を上向きにし、水に浸からないよう僅かな抵抗をしてみせる。

「助け……」

溺れそうになりながら叫んだ時、それまで水中にいた黒い髪の毛が、突然浮き上がった。

そして、女性の顔が目の前に出現した。首から下は水に浸かったまま、顔だけ水面から出てきたのだ。水面から生首が生えているようだった。驚きと恐怖で、もはや声すら出なかった。

女はギョロリとした目で、至近距離から私を見つめている。垂れ下がった前髪からは水滴が落ち、少しばかり見える肌は冷たい水のせいか青白い。瞳孔は異常に大きく、唇は固く結ばれ、これもまた青白い。彼女の睫毛一本一本すら見えるほどの距離で、女は私に何かを訴えているように感じた。

私はそんな女を見つめ唖然としながらも、どこか冷静に考えている自分がいた。今度ははっきりと見えているのだが、彼女はとても綺麗な顔をしていた。傷一つない顔はただ悲しげにこちらを見つめているばかり。

そう認識した瞬間、猛烈な眠気に襲われた。視界が急にボンヤリと滲み、頭がぼうっとしてくる。水は私の口の中へ侵入してきていたが、もう恐怖は感じなかった。迫っている自分の死より、なぜか、なぜだか……九条さんが心配でならなかった。

あの人は無事でいられるだろうか。私が死んでからもちゃんと生きていけるだろうか。これから先どうなってしまうのか。ただ、一目でいいからもう一度会いたいと思った。手を伸ばせば届く距離にいるはずなのに、もう私にはそれが叶わない。

自分の目から涙が溢れ出た。今まで生きてきて感じたことのない愛しさだった。これほど自分の存在より大切なものがあるなんて。死の恐怖さえ吹き飛んでしまうほど、あの人が気になって仕方がない。本当はもっと長くあなたの隣にいたいと思っていたのに。

胸が苦しい。切なさで破裂してしまいそう。今一度、あなたをこの手に抱きたい。

……抱きたい？

ハッとして目を開けた時、辺りはシンとしていた。

水など一滴も落ちていないし、蛇口も音を出してはいない。そんな中で私は一人倒れていた。散乱した自分の衣類。冷たい床に寝そべる体。しばらく呆然と天井を見つめながら、自分の無事を確認する。

……入られた、またしても。

はあーと長い息をつく。今回は霊に嫌われてるっぽいから、入られる心配はないかと油断していた。まさかこうもあっさり入られてしまうなんて。

ゆっくり手を上げ、自分の目から溢れ出る涙を拭こうとして、その袖がぐっしょり濡れているのに気がついた。いや、袖だけではなかった。周りはなんの異常もないのに、私の体だけ全身びしょ濡れだったのだ。やけに体が冷えると思った。髪まで風呂上がりのように水が滴っている。私は苦笑して手で顔を覆った。

怖かった。けれど、同時に分かった気がする。あの女の人が言いたかったこと。最後のあの不思議な感情は、彼女の死ぬ間際の気持ちが流れ込んできたのだ。対象相手はなぜか九条さんになってしまっていたけど……よりにもよってあんなに強く思う相手が九条さんって。そりゃ状況的にも彼しかいないとはいえ、ちょっと恥ずかしいではないか。もう一度この手に抱きたい、って。一度も抱いたことないだろうが。

「黒島さん？」

頭のすぐ上にある扉からそんな声が聞こえた。

「随分長いですが、大丈夫ですか？」

私を心配して来てくれた九条さんだった。その声を聞いてどきんと心臓が鳴る。溺死しそうな時に湧き出た感情が一瞬蘇ったのだ。

「あ、は、はい！」

平静を装って慌てて立ち上がる。落ち着かねば。あの不思議な気持ちは女の霊が見せた幻覚なのだ。私は彼に特別な気持ちを抱いてはいないし、堂々としていればいい。

そう言い聞かせながら、とりあえず扉を開ける。ドアノブはすんなり動いた。そして洗面所から顔を覗かせた私を見た途端、九条さんは目を丸くした。

「……水浴びしたんですか？」

「はは……そんなところですね……」

苦笑いする私に対して、彼は眉間に皺を寄せる。

「……あなたの入られやすい体質も、伊藤さんを笑えないくらい凄まじいですよ」

「自分でもそう思ってます」

「とにかくその格好では風邪ひきますよ。もう一度着替えては？」

濡れて張り付いた服たちを見る。隅々まで水を含んで重い。ああ、これ、着替え終わった服なんだよなぁ。せめて着替える前にしてくれればよかったのに。せっかく少しサッパリしたのに、私はまた先ほどまで着ていた服に袖を通さねばならなくなってしまった。着替えはどうやら数着持ってくるべきものだったらしい。

嫌々元の服に着替え終えてリビングに戻ると、床に座り込んだ九条さんがこちらを見上げる。

「ドライヤーなんてありませんからね。ちゃんとストーブに当たっててください」

小さなハンドタオルで髪を拭く私に、九条さんは言う。私は言われた通りストーブの前に座り込み、冷えた体を温めた。指先まで冷え切ってしまっていたが、こんな真冬に水を浴びればそうなるのは仕方ない。私は口を尖らせる。

「せっかく着替えたのに、結局また元通り……」

「それだけ水がかかればシャワーを浴びたようなものでしょう、逆にスッキリしたのでは」

「それ、凄いプラス思考ですね」

私は思わず笑う。

「……で、その様子だと、風呂場で死んだ説は正しいとみて間違いないですね？」

私は頷くと、両手を擦り合わせて答える。

「そうだと思います。溺死しそうでしたから」

「……私は入られた経験などないですが、味わいたくない経験ですね」

「ええ、オススメしません。本当に怖かったです」

膨れながらそう答え、しかしすぐに真剣な表情で彼を見た。

「九条さん、女の人には顔がありましたよ。間違いなく見ました。傷一つない綺麗な若い女性でした」

驚く九条さんに、私は更に続けた。

「それと、これは私の推測なんですけど、あの人死ぬ時、そばに誰か大事な人がいたんじゃないかと」

「大事な人？」

私は彼に先ほどのことを話そうとし、一旦止まる。霊に操られたとはいえ、私が九条さんに対して愛しい感情を持ったと言うのはさすがに恥ずかしい。彼の名前は出さないでおこう。

「えっと、水の中でやたら眠くなって、死ぬ！　って思った時、心の中でぶわっと感情が湧き出たんです。死ぬ恐怖より大事な人の存在が気になるって。命より大事な人、もっとあなたの隣にいたい、もう一度抱きたいって強く感じたんです」

ゆっくりそう語ると、再び先ほどの想いが蘇（よみがえ）る。切なくて悲しくて寂しくて、言葉では表現出来ないほどの愛情だった。ついじんわりと目に涙が浮かぶ。あんな感情、私は知らなかった……自分が死にそうな時ですら、他の人のことを心配するだなんて。なんて深い愛なのだろう。

流れてしまった涙を九条さんに隠れるようにしてぬぐった。それでも気づかれていたらしく、九条さんは少し目を細めて私を見る。

「……相変わらず感情が豊かな人ですね」

「は、入られたら誰でもこうなりますよ」

「やっぱり霊も入る相手を選んでますね」

九条さんはそれだけ言うと、どこか遠くを見つめるように考え込んだ。普段のぼーっとしているような横顔とはどこか違った。私はなんとなく邪魔をしてはいけない気がして、ストーブの前で手を擦りながら暖まる。

しばらく沈黙が流れた後、九条さんがポツリと呟いた。

「なるほど……」

私は彼の方を勢いよく向き尋ねる。

「え、何がですか!?　分かったんですか？　というか、あの『私の顔』発言はどういうことなんですか？」

鼻息荒く矢継ぎ早に質問してしまう。

だが九条さんは私の質問には答えず、まだ考えるように一点のみを見つめている。集中するその姿は凛として格好よくて、ああ九条さん、ずっと集中してればいいのに、と失礼なことを思ってしまった。

やがて彼は、小さくため息をついて言う。

「一つ仮説は立てましたが、少々複雑といいますか、デリケートな問題でもあるので、確実な証拠が集まるまで少し待ってください」

「はあ、証拠……？」

「これは伊藤さんの情報収集がかなり重要です。まあ彼ならそろそろ真相に辿り着くと思いますけど」

九条さんの伊藤さんに対する信頼って凄いなと改めて思う。そりゃ事務所に二人だけの職場なんだから当たり前だが、素敵な絆だな、と微笑ましくなる。

「分かりました。九条さんがそう言うなら待ちます。私のポンコツな頭じゃまだよく分からないし」

「あなたの入られた経験がなければ、私も分かりませんでしたよ。さあ、しっかり髪が乾いたら事務所に戻りましょう。霊については色々分かりましたし、ここで一晩過ごしてまた入られたらたまったものではないでしょう」

九条さんはそう言うと、手を伸ばして私の毛先に触れた。急なことに、私の胸がどきりと鳴る。彼の綺麗な手が目の前に来たことが、なぜか酷く恥ずかしかった。

「……まだまだですね。女性は髪が長くて大変ですね」

九条さんはいつものようにそう言うと、再び私の髪から手を離した。私は黙って、湿ったハンドタオルで必死に髪を拭く。緊張してしまった自分の気持ちを隠すために。本当にマイペースな男だ、断りもなしに女性の髪の毛に触っちゃうんだから。

それから二人で一旦事務所に戻り、案の定九条さんはあの狭いソファにすぐに寝そべり寝息を立てた。この人ソファでばっかり寝てるけど、体が痛くならないのだろうかと心配になる。いや、きっと本来は仮眠室を使っていたのに、私が場所を取ってしまっているからだ。申し訳ない。

九条さんに毛布を掛けると、私もベッドに横になり、疲れた体を沈めてそのまま寝入った。きっともうすぐ、あの霊が何を探しているのか分かるはずだ。そう期待しながら。

＊

朝が訪れ、空が白くなる。

早朝に起きてそのまま銭湯に行った。朝早いと誰もいないかと思いきや、意外と人が多かった。朝風呂の魅力なのだろうか。全身を洗い爽快感に包まれた後、九条さんが起きてしまう前に戻らねばと急いで事務所に戻った。帰ると彼はまだソファで寝息を立てていたのでほっとする。

事務所は日が差し込んで眩しくなっていた。丁度九条さんの顔に光が当たっているが、気にしているそぶりはない。伊藤さんが来るまではゆっくり寝かせてあげよう、と笑いながら、私はブラインドを閉じる。

丁度その時、慌ただしく事務所の扉が開いた。

「おはよーございまーす！」

伊藤さんだった。意気揚々と入ってきたその人を見て、昨日女の幽霊にあんなに至近距離で顔を見られていたのに、元気な人だなぁ、なんて思ってしまう。私は笑って答えた。

「伊藤さん、おはようございます」

「おはよ！　出ましたよ、出ましたよー……ようやく情報が入りました！」

嬉しそうに言った伊藤さんの声が響いた瞬間、珍しく九条さんは一人でパチリと目を開けた。だるそうにゆっくり起き上がり、大きな欠伸(あくび)をする。案の定、寝癖は後頭部についていた。

「おはようございます、伊藤さん……」

「九条さん、おはようございます！　やっと分かりましたよー。もうびっくりの出来事が！」

　伊藤さんは持っていた鞄を机の上に勢いよく置く。そして中身をごそごそ漁(あさ)りながら説明を始める。

「昨日、井戸田さんにもらった連絡先に電話しました。その中に事件を知っている人はいなかったんですけど、当時アパートに住んでた人と今でも交友のある人はいないか尋ねて追っていったんです。そしてようやく、あそこの部屋で死人が出た時、住んでいたという人に辿(たど)り着けました」

　九条さんは寝起きのややぼーっとした表情で頬を掻く。私は冷蔵庫から彼のために水を取ってあげた。九条さんは寝ぼけ眼(まなこ)で私からペットボトルを受け取り、すぐに水を流し込む。

　そんな九条さんを気にすることなく、伊藤さんは続けた。

「どうやらやっぱり病死であることは間違いないです。そしてビンゴ！　風呂場で亡くなったとのことでしたよ」

「わあ……凄いですね。よく分かりましたね」

私は感嘆のため息を漏らす。伊藤さんは笑って謙遜した。

「まあこういうのは運もあるから。話を聞いた人の記憶によると、もう二十年くらいは前じゃないかと」

「二十年……」

私は呟く。その間、あの部屋は誰にも貸し出されず、女の人は一人泣きながら誰かを探して待っていたのか。なんて寂しいんだろう。死ぬ間際にあんなに想っていた人と、まだ会えていないなんて。

九条さんは水を飲んでようやく頭が冴えてきたのか、伊藤さんに尋ねた。

「その亡くなった人について何か分かりましたか」

伊藤さんは大きく頷くと、鞄から取り出した紙を、私と九条さんに差し出した。どこか複雑そうな顔で伊藤さんはため息をつく。

「九条さんの言う通りでしたよ」

私はそこに記してある内容を目で追い、一瞬息が止まった。思ってもなかった文字がそこにあったのだ。隣にいる九条さんを見れば、彼はやはり、というように小さく頷いた。

「これって、九条さん……」

「そういうことですね」

「まさか……」

震える唇を手で押さえる。今まで得た情報が一つ一つ線を結んでいく。でもこれが真実だとしたら、あまりにも……

グルグル頭が回る私の隣で、九条さんが立ち上がる。そして、凛とした表情で伊藤さんに言った。

「井戸田さんに連絡を。調査の最終報告をします」

私と九条さんは、またしてもあのアパートに戻った。井戸田さんと連絡を取り、例の部屋で待ち合わせているのだ。

無言の続く車を走らせ辿り着いた朝のアパートは明るく、どこか爽やかな雰囲気すら感じた。泣いている女性の霊がいるなんて信じられないほど。そして空は嫌味なほど晴れて美しかった。

九条さんと部屋に入ったのとほぼ同時にインターホンが鳴り響き、井戸田さんが現れた。彼女は相変わらずきりっとした表情で背筋を伸ばし、しっかり者の女性に見える。

「おはようございます。伊藤さんより連絡を頂きまして。この部屋についての最終報告だとか」

部屋に入った井戸田さんは、どこかワクワクしているようにも見えた。長年謎だったこの部屋の真相を知れるのだ。彼女が期待するのも無理はない。九条さんは部屋の中央に立ち、ポケットに手を入れたまま頷いた。

「この部屋で何が起こったのか、そして未だ滞在する霊についても分かりました」

「では、もう霊はいなくなったということですか?」

「いいえ。彼女の要望を叶えるのは今からです」

「要望……?」

小さく首を傾げた井戸田さんに、九条さんは真面目な表情で述べた。

「井戸田さん。これから話すことは、やや酷なことかもしれません。よろしいですか」

彼の警告に驚き、少したじろいだ井戸田さんだが、すぐに頷いた。私は彼女の背後で、ドキドキしながら様子を窺う。

「はい、よろしくお願いします」

「分かりました。では、回りくどいのは苦手なので単刀直入に言います」

九条さんは真っ直ぐ井戸田さんから目を離さず、淡々と言う。

「二十年以上も前、ここの浴室で亡くなった方がいます。伊藤さんが調べ上げてくれました」

そこまで言い、九条さんは私に目で合図を送る。それを受け、私は持っていた資料をそっと井戸田さんに差し出す。彼女がその紙に視線を落とすと、九条さんが静かな声で言った。

「そこに亡くなった方の名前が書いてあります」

「ええと……」

文字を読むごとに動いていた睫毛(まつげ)が、ふと止まる。井戸田さんは口を半開きのまま、書いてある文字を凝視していた。

『井戸田雅代(いとだまさよ)』

そこには、そう書かれてある。

井戸田さんの表情が固まり、しばらく動かなかった。静寂が流れ、誰も言葉を発せない。彼女はこの名前を見ただけで、誰だか分かるはずなのだ。説明など、不要。

「……井戸田雅代さん。あなたのお母様ですね？」

しばし経った後、九条さんは尋ねた。唇を震わせる井戸田さんは、小さく首を縦に振る。

「確かに母の名前ですが……でもまさか、祖母はそんなこと一言も……病気で死んだって」

「私は疑問に思っていました。あなたがこのアパートの管理を継ぐのは分かり切っていたことなのに、おばあさまはなぜこの部屋について何も教えていなかったのか。答えは一つ。教えなかったんじゃない。教えられなかったんです」

「……教えられなかった？」

「この部屋に住んでいた井戸田雅代さんは、小さな子供と二人暮らしでした。まだほんの一、二歳の子供だったそうです」

伊藤さんが調べてきた情報の中で、この部屋には雅代さんともう一人、小さな子供が住んでいたとの証言があったのだ。九条さんは天井を仰いだ。

「死因まではさすがに分かりませんでしたが……お風呂場で亡くなるとすればヒートショックによるものである可能性が高い。急激な温度変化により血圧が上下し、それにより心臓や血管に異変が起こることです。もしくは意識を失い、浴槽で溺死する事故も」

「……それが、母だった？」

「恐らく」

井戸田さんはきゅっと唇を噛んだ。その様子をチラリと見つつも、九条さんはそのまま話を続ける。

「ここで大事なポイントが一つ。一、二歳の子供と二人暮らしなら、風呂に一人で入ることはまずありえません。普通、子供と一緒に入るでしょう」

「私と……？　じゃあ……」

「お母様は、あなたの目の前で亡くなられた可能性が非常に高い」

井戸田さんは口を手で押さえた。私はいたたまれない気持ちでその光景を見る。記憶はなくとも、自分の目の前で母親が死んでいた経験があるなんて……普通ならショックを受けて当然だ。

愕然とする井戸田さんに、九条さんはなおも言葉を続ける。

「たまたまあなたは洗い場で遊んでいたのか、もしくはお母様が最後の力を振り絞って、あなただけ浴槽の外に出したのかもしれません。真実は分かりませんが、あなたの目の前でお母様が亡くなられたのは間違いないかと。だから、あなたのおばあさまは言えなかったんです。幼い頃、目の前で母を亡くしたという事実。そしてその母が幽霊となって出ると、噂が立っているこの部屋のことを」

「じゃあ……この部屋にいる幽霊は……お母さんってことですか」

みるみるうちに目に涙が溜まっていく。九条さんは一つ呼吸を置いて、静かに言った。

「ここに住んだ四組の方たちの話を聞いて、一つ疑問が残りました。あらゆる現象の中で、女の霊は人の顔を覗き込み『違う』と否定してきました。うちのスタッフもこの経験をしましたが、ここに短期間住んでいた二歳の女の子だけは違った。壁から伸びた白い腕は子供を抱きかかえるようにし、女の子ものちに『お姉さん、抱っこ』と証言している。つまりはこの子だけ否定されていない。どこか、探しているものに似ていたのかもしれません」

九条さんの言いたいことが分かったのだろうか。井戸田さんはついに顔を両手で覆った。勘のいい人だ、と思う。私はどうしていいか分からず、とりあえずその震える肩に手を置いて慰める。だが今はどんな励ましも、彼女の心には響かないだろう。

九条さんはそのまま報告を続けた。

「……二十年以上も経っていますが……霊にとって時間の経過が不明瞭になることはよくあること。彼女は未だに、あの日そばにいたはずの娘を探して彷徨っている」

「……私を……？」

「私が聞いた霊の声。泣き声に混じり少し聞き取りにくかったため、勘違いしていました。あの人が言いたかったのは『私の顔』ではない。『私の香織』です」

『香織』は井戸田さんの名前だ。彼女はそれを聞いて、声を上げて泣いた。

私は悲痛な泣き声を聞きながらそっと目を閉じる。洗面所で女の霊に入られた時、薄れゆく記憶の中で、ただ一人の愛しい子のことを考えていた。これから先この子は生きていけるだろうか。もっとあなたの隣にいたかった。そしてもう一度抱きたい、と。

そんな強い思いを胸に死んでいった母は、死んでからも未だに探しているのだ。あの日そばにいたはずの幼い我が子を。二十年もの間彷徨い続け、あの人はこの部屋でずっと一人泣き続けている。

「……大丈夫ですか、井戸田さん」

私は声を掛ける。その自分の声が震えているのが分かった。井戸田さんはしゃくりあげながら話す。

「父は生まれてすぐ事故で死んだって……母はその後病気で……祖母に聞かされ、そう信じて生きてきました。でもまさか、私の目の前で死んでいたなんて。それからも、ずっと私を探していたなんて……」

掠れる声が切ない。私は彼女の背中を擦りながら、なんとか泣きそうなのを堪えて言った。

「おばあさまも悩んだと思いますよ……きっとどうしていいか分からなかったんですね……生前、除霊などもせずあの部屋を封印したのは、おばあさまの中でも葛藤（かっとう）があったからだと思います」

「ええ、ええ……そうだと思います」

しばらく泣きじゃくった井戸田さんは、それでも顔を強引に上げた。真っ赤な鼻と強張った頬が、彼女の固い意志を表していた。

「どうすれば母は眠れるんですか？」

九条さんはじっと井戸田さんを見つめる。そして辺りを見回した。

「以前お話ししたように……私の能力は見えざるものと会話をすること。聞こえているはずです、姿は見えなくとも。――あなたが探し続けた香織さんはここです。死んだあなたとは時間の流れが違うため、立派な大人になられました」

九条さんの声が、やけに部屋に響いた。この感覚は前も一度経験したことがある。まるでエコーがかかっているかのように聞こえるのだ。病院でも、彼はこういった不思議な声で霊に話しかけていた。

しんと部屋は静まり返っていた。井戸田さんは真っ赤な顔で必死に立っている。ああ、なんて強い人だろうと改めて思った。普通、こんな話なかなか信じないだろうし、近くに母親とはいえ霊がいるだなんて、戸惑って当然なのだ。それでも井戸田さんは、目の前の現実を受け入れようと前を向いている。

誰も言葉を発さないまま数分が過ぎた。私も物音一つ立てないようにじっと固まる。

次の瞬間、自分の背後に気配を感じた。ぎょっとして振り返る。そこには、一人の女性が立っていた。私は一瞬迷ったものの、何も言わずにそっとその場を離れた。

井戸田さんの数メートル後ろに、あの人は立っている。井戸田さんに教えようかとも思ったが、私はあえて何も言わなかった。井戸田さんからしたら何も見えないのだし、怯(おび)えさせる結果になるかもしれないと思ったのだ。九条さんもやはり気づいてはいるようで、井戸田さんの背後をじっと見つめている。

女性は相変わらず俯(うつむ)き加減に立ち、手をブラリと力なく垂らしていた。だが、無造作な黒髪の隙間から見える瞳は、目の前にいる井戸田さんに向けられている。娘だとはまだ理解していないようだった。

しばらく彼女は、ただそうして井戸田さんを後ろから見つめていた。ピクリとも動かず、無表情で立っている。子供だと思っていた自分の娘が、突然こんな大人になっていて霊も混乱しているのだろうか。知らぬ間に自分は死んでいて、知らぬ間に二十年以上も経ってしまっていた。

……この人が探していた香織さんだと、分かるだろうか……

私が戸惑いながら声を掛けようとした時、ずっと黙っていた井戸田さんが震える声で話し出した。

「私……香織です……」

女性の黒目が、ほんの僅かに揺れる。井戸田さんの声だけが部屋に響いた後、彼女は意を決したように続けた。

「お、おばあちゃんに育てられて……そのおばあちゃんも去年死んじゃったけど……専門学校を出て、小さな会社だけど楽しく働いてます。ちゃんと成長して、大人になりました。お、お母さんやお父さんの話は、おばあちゃんからよく聞いていました。生まれたての自分と、泣いてるお父さん、笑ってるお母さんの写真は今でもあります。あとは、生まれてすぐの私をお風呂に入れるお母さんや、ミルクをあげてるお父さんの写真も」

井戸田さんは誰に言うでもなくそう言った。九条さんが、優しく目を細める。

井戸田さんの言葉を聞いて、女性は少しだけ、固く閉じていた唇を開いた。娘の姿を見つめたまま、彼女の目からポロリと涙が流れ出る。微かに唇を震わせ、無言で涙をこぼし続けた。昨晩怖いと思った女の顔は、娘を愛する一人の母親の顔だった。そして垂れていた腕を、ゆっくりゆっくり持ち上げた。

何歩か前進し、目の前にいる娘に近づく。彼女の青白い腕は、そっと井戸田さんを抱きしめた。無論、井戸田さんは気づかない。後ろから優しく愛おしそうに女は井戸田さんを抱擁し、その存在を確かめるように、娘の肩に頬を寄せた。涙で濡れた顔はどこか幸福感に満ちたように見えた。彼女はそっと目を閉じて、優しく口角を上げる。

その光景から壮大な愛を感じ、今まで見たどんなシーンよりも美しいと思えた。これまでの冷えていた部屋の空気とは違う、どこか暖かな風が吹いているように感じ、私の目からも涙が溢(あふ)れ出てしまう。

……ああ、やっと見つけられたんだ。死ぬ間際まで想っていた相手を、こんなに時間をかけて探し回り、泣きながら求め続けてようやく会えた。

私は心の中で呼びかけた。

よかった、よかったね。きっと悲しくて辛かった。もう娘はとっくに成長し、自分に追いつくほどになってしまっていることに驚いただろうけど、ちゃんと成長した姿を見られたのはよかった。二十年は長かっただろうが、この瞬間のためには必要な時間だったのかもしれない。

女性はしばらく井戸田さんを抱擁したのち、何も言わずにそのまま消えた。最後まで幸せそうな顔だった。あっ、と私の口から声が漏れる。その声に反応した井戸田さんがこちらを振り返った。泣いている私に気づき、少し驚いている。私は慌てて涙を手でぬぐった。

「す、すみません、私まで……」

「い、いいえ……」

「お母様、消えました。凄く凄く幸せそうな顔で」

「……本当ですか」

私は笑顔で強く頷く。

「本当に最後は幸せそうに……井戸田さんを背後から抱きしめて」

「あ、なんか……背中がやけに熱いなあ、って……思ってた」

彼女は自分の背中をさすると、すぐに微笑んだ。

「……私、母の記憶はないけど……祖母から幼い私を大事そうに抱きしめる写真を多く見せられて、愛されていたんだなあ、って感じてたんです。だから、お母さんが安らかに眠ってくれたなら、よかった」

「井戸田さんが優しい立派な人に成長して、お母さんも喜んでると思います」

私が心の底から言うと、彼女は恥ずかしそうにはにかんだ。いつもの凛としている姿とは少し違い、幼い表情に見える。

　井戸田さんは九条さんに向き直り、頭を下げた。

「ありがとうございました。これで、もう変なことは起きないですよね」

「そう思います。長く探し求めていた人を見つけることが出来たので、あの方がここで彷徨(さまよ)う理由はなくなりましたから」

「よかった……でもその、せっかく解決して頂いたのになんですが、やっぱりこの部屋は人には貸し出さないことにします。短い時間だけど母と過ごした思い出の場所だと分かりましたし、時々ここに来て、母の供養をしたいと思います」

「……そうですか」

　九条さんは短くそう言い、優しく微笑んだ。私はと言えば、またしても鼻の奥がツンとしてしまい、慌てて平常心を保つ。井戸田さんより泣いてどうするんだ。

　井戸田さんはにこっと笑った。

「お二人に頼んでよかったです！　何も知らないまま母を無理やり除霊でもしていたら無念でしたでしょうし、何より事実を知ることが出来て感謝しています。ありがとうございました！」

　晴れ晴れとしたその表情は、眩(まぶ)しいほどに輝いていた。私も、その顔を見てなんとも穏やかな気持ちになる。だが同時に私は、自分の母の顔を思い浮かべていた。

母もきっと、私をあれほど愛して育ててくれたのだと。

信じられないくらい深い愛で支えてくれていたのだと。

もう今は会うことのないあの人の顔は、いつ思い出しても笑顔だった。

井戸田さんは仕事があるとのことで帰っていき、私と九条さんは持ち込んだ物の片付けに取り掛かっていた。それを終えたら全て終了だ。病院の時とは違い、今回は温かな気持ちになれる終わり方だった。

「……また泣いてるんですか」

私の赤くなった目を見て、九条さんがやや呆れたように言う。私は目を擦りながら反論した。

「私は入られた経験から、あの人の気持ちがシンクロしやすいんです。だからです！」

「あなたの場合、入られなくてもそのように鼻水垂らしてそうですけど」

「え、鼻水⁉」

「冗談です」

九条さんはそう言いながら座り込み、モニターの配線を外した。私は頬を膨らませながら、たくさんの長いコードをまとめていく。しかしすぐに、自分の顔が綻ぶのが分かる。

「でも、本当に感動しました。最初は怖かったけど、全然悪い霊じゃなかったですね。自分の子供に会いたいだけだったなんて」

「……母の愛とは、何にも負けないほど偉大ですね」

九条さんの言葉を聞いて、ふと顔を上げた。彼はこちらをじっと見ていた。それは私をどこか咎めているような真っ直ぐな視線で、言葉を失くす。だが私は、彼が何を言いたいのか分かっていた。

そうなのだ。霊に入られた時シンクロした気持ち――自分の命より子の未来を心配するほど、母の愛は強い。それは私の想像よりずっと大きく、いつでも子を強く思い、いつでも愛している。

「……反省しました」

私は苦笑する。

「今回の件も、病院のすずさんの件も。生きたくても生きられない人がいて、私も母からたくさんの愛情をもらって生きてきたのに、安易にそれを捨てようとして。なんて自分は愚かだったんだろうと、今は本当に思います」

九条さんを見て言うと、彼は無表情のままじっと私を見つめる。

確かにあの時、本当に辛かった。もう何もかもいらなくなって、全てを終わりにしようと思っていた。今だってそれを乗り越えられたかは分からない。でも、捨てるのは間違っているのだということだけは分かる。前を向かなくてはならない。自分のためにも、お母さんのためにも。

私は改めて九条さんに向き直る。

「あの、九条さん、私……」

「あなたをそこまで追い詰めたのは、果たしてなんだったんですか」

彼は私の言葉に被せてそう言った。彼の質問を聞いて、そうだった、と思い出す。

九条さんのもとで働くと決めた時には、話を聞いてくれますかと言ったのは私だった。

彼はその約束を覚えてくれていたのだろうか。

どこから話せばいいのか迷い、俯きながら言葉を選ぶ。

「……半年前、母を亡くしました」

私の声が部屋に響く。家具も何もないここは、私と九条さん二人だけの世界に思えた。

「心筋梗塞で、職場で倒れて。そのまま意識が戻ることもなく亡くなりました。母一人子一人の生活で、母は唯一の理解者でした」

「お父様は」

　私は小さく首を横に振る。

「幼い頃に離婚しました。それから一度も会うことなく、母の葬儀で挨拶しただけです。妹も父に引き取られました。妹とは、時々母と三人で食事をしたりしてましたが……」

「妹さんもいらっしゃったのですね」

「……離婚の原因も、私なんです……」

　私はどこを見るでもなく、ぼんやりしながら思い出していた。

　生まれつき見えざるものが視えていた私は、言葉が話せるようになった頃からそれを周りに話していた。目の前の光景が、他者には見えていないなんて知らなかったのだ。両親は初め、子供によくある遊びの一種だと笑っていた。だが回数を重ねるごとに、そして子供が話すにしてはやけに生々しい内容に、徐々に不審がるようになった。

　交通事故があった現場で血まみれの女性を見る、病院で足のない男性を見るという発言が続いたため、ついに両親は私を病院へ連れていった。脳や視力に異常がないか、事細かに調べられた。無論私の体に異常は見られなかった。それでも、県を越え大きな病院へ手当たり次第通い、調べ続けられた。やがて有名な病院は行き尽くし、ついには精神科に通い出す羽目に。

その頃になると、母は私の能力について見方を変え、お寺などに相談した方がいいのではないかと父に言った。視える能力ならば、それを抑える方法があるかもしれないと。だが、普段から非科学的なことは信じず頑固だった父は、母を非難した。『お前まで頭がおかしくなったのか』と。そして父には叱られた。『もう嘘をつくんじゃない』と。

その辺りから、両親は意見が割れ喧嘩することが増えた。そこで初めて、自分が視えるものは普通ではないと分かったのだ。そして、決して人に話してはいけないことなのだと。

だが後悔した時にはもう遅かった。両親は離婚が決まった。私を引き取るのは当然母。母は妹も引き取りたがったが、父の『頭のおかしい二人に妹は任せられない』という言葉に項垂れた。そして、私と母二人の生活になった。

「でも……母は一度も私を責めませんでした」

彼女は優しい人だった。いつも私の味方で理解者だった。結局いろんなお寺や僧侶に相談しても私の能力を抑えられることはなく、この力を人には言わないで生きていくしかないと諦めた。母はいつも、『光の気持ちを理解してあげられなくてごめんね』と謝った。

「そんなお母様を亡くされたのは、さぞかしショックだったでしょうね」

「ええ、突然のことでしたし……私には本当に母しかいなくて。父のことがあって、人と関わることに臆病でした。学校に通うようになっても、なかなか友達も出来なくて」

視える、だなんて誰にも言わなかった。それでも私の言動にはやや不審なところがあったらしい。みんなで盛り上がっているコックリさんには参加しなかった。肝試しも行かなかった。一緒に道を歩いていても、真っ直ぐ歩けなかった。目の前に霊がいると、それを避けてしまうからだ。

ちょっと変わった子。それが私につけられたイメージだった。

ただそれでも、虐められることも無視されることもなかったし、遠足や運動会のお弁当を一人で食べることはなかった。今思えば、私はクラスメイトに恵まれていたと思う。だから、現況に満足していた。私には、母という理解者がいればそれでいいと。

「母の突然の死は本当に悲しくてショックでしたけど……でも、それで死のうなんて思ってはいませんでした」

「それが原因ではない？」

私は握っていたコードに力を込めた。手の平に少し汗をかいているのを感じる。

「私……卒業して就職して、そこで初めて、お付き合いをする人が出来ました」

そう口にした途端、懐かしさに襲われる。彼は、あまり人の輪に入れない私とは真逆の、みんなの中心にいるような人だった。いつも明るくてにこやかで、周りから信頼されている、まさにリーダー気質のある同僚。一人でいることが多い私を、自然に誘ってはみんなの輪に入れてくれた。おかげで仕事も楽しくこなし、親友と呼べる人も初めて出来た。彼に憧れるのは時間の問題で、それでも付き合うとかは考えたこともなかった。

だから、まさか向こうから交際を申し込まれるだなんて……想像もしていなかった。

「母が死んだ時、付き合って二年経ってました」

「結構長くお付き合いされていたんですね」

「ええ。母を亡くした直後、酷く落ち込んでいる私を励ましそばにいてくれて……そして、言ってくれたんです。『これから先も支えるから結婚しよう』と」

あの時の気持ちを思い出して、つい笑みが零れる。驚きと喜びで心が爆発してしまうかと思った。本当に大好きな人だったから。

九条さんは小さく頷きながら、私の顔を覗き込む。

「その彼は、あなたの能力については知っていたのですか?」

彼の質問は痛いところを突いてきた。私は小さく首を横に振る。言おうとしたことは何度もあった。でも、父の顔が浮かんでなかなか言い出せなかった。

「でも、結婚するならちゃんと話そう。そう心に決めて、タイミングを見計らっていました」

「……なるほど」

「でもそんな時……街中を彼と歩いていたら、偶然妹に会ったんです」

『あれ？　お姉ちゃん？』

振り返った時に見えたのは、巻いた髪にお洒落（しゃれ）な格好をした妹だった。母の葬儀以来、連絡すら取っていなかった。まさかの再会に分かりやすく動揺した。

『あ……聡美（さとみ）』

『嘘、彼氏？』

『え？　あ、うん……』

聡美はへえーと言いながら、彼を上から下までゆっくり見た。もちろん二人は初対面だ。彼は名前を告げて自己紹介をし、聡美と握手を交わした。

『妹の聡美です！』

『妹がいたなんて知らなかった』

『えー言ってなかったの？　お姉ちゃん酷ーい』

『ごめんね、これから言おうと思ってて……』

慌てる私を見て、彼女はニコリと笑った。そして私にではなく、彼に話しかけた。

『でもー、お姉ちゃんと付き合うとか大変じゃないですか～？　だってほら、お姉ちゃんって幽霊が視えるとか言っちゃう電波ちゃんだし？』

『……え？　幽霊？』

『気をつけてくださいね？　変な商法とか！』

冗談っぽく笑う妹を見て、私は何も言えなかった。

彼女が私に敵意を持っていることは、ずっと昔から知っていた。きっと私のせいで両親が離婚する羽目になってしまったことで、聡美なりに恨みがあったのだと思う。それに気づいていたから、その嫌味に何も言い返せなかった。聡美は笑顔でその場から立ち去り、残されたのは私と、明らかに困った顔をしている彼だった。


「……それで彼はなんと」

問いかける九条さんに、私は小さな声で答える。

「少し距離を置こうと言われて、そのまま連絡は拒否されました」

つい笑ってしまう。二年も付き合ったのに、終わりはなんとも呆気ない。せめてしっかり話して別れたかった。

「私も悪いんです。二年も話さずに隠していたわけだし、向こうも気味悪いですよね」

私の言葉に、九条さんは同意しなかった。ただどこか厳しい目でこちらを見ている。彼のそんな真っ直ぐな目が少し苦しくて、私は視線を逸らした。

「しょうがないと思ってました、彼に避けられるのは。それで振られるのも。彼なら理解者になってくれるだろうと信じていたから、ショックではありましたけどね」

「しかし、相手は同じ職場なのでは」

「……そうなんです。どうやら彼が周りの人に話したみたいで。その、避けられたり無視されたりするようになっちゃって」

彼が人気者であることが仇になった。独りぼっちになるのは平気だったが、好奇の目で見られ、そして仕事に関する嫌がらせもされるとさすがに困った。私にだけ重要な伝達事項を伝えられなかったり、大切な書類を隠されたり。結果的に私は仕事のミスが増え、上司に迷惑を掛けた。しばらく勤め続けたが、私は耐え切れなくなり、ついに仕事も辞めた。

九条さんがゆっくりと眉を顰めた。なんとなく気まずくなって私は更に俯く。誰かに聞いてほしいと思ったことはあるけれど、実際話してみるとなんだか恥ずかしい。自分を曝け出すのには、勇気がいるものなんだとよく分かった。

「それで家を引き払って？」

「あ、いいえ。諦めて再就職先を探していました。しょうがないなって。彼を責めようとも思わなかったし、なんとか踏ん張って一人で暮らしていました」

「……まだ何かあるんですか？」

驚いたように九条さんが問いかけた。私は人差し指で頬を掻く。決定打は、この後だった。

「……ある日、聡美からメールが来て……」

それは求人雑誌をめくっている時だった。そばに置いてあったスマートフォンが鳴り、聡美からメッセージが届いた。聡美が私に連絡をしてくるなんて珍しいことだったので、なんだろうと不思議に思いながらメールを開き文面を読む。

『やっほー！　お姉ちゃん別れちゃったんだね？

やっぱり幽霊が視えるとかいうのは無理だったんだね～この機会にそういうこと言って注目集めようとするの、やめた方がいいと思うよ！

それと後で恨まれても嫌だから先に知らせとくね。言っとくけど取ってないよ。向こうからなんだからね！』

添付されていたのは、聡美と私の元カレのツーショット写真だった。

九条さんの表情が固まった。私は一つ、ため息をつく。

「聡美は……凄く明るくて、華やかで美人で、私とは正反対なんです。だから冷静に考えれば、そうなっても仕方ないことなのかと今なら思えるんですけど。あの頃の私の心を砕くのには十分な出来事でした」

そばに誰もいなくなってしまった悲しみ。死んでも母が喜ばないことぐらい分かっていた。それでも、もう耐えられなかった。私だって視たくて視てるわけじゃないのに、どうしてそんなことを言われなくてはならないのか……そう叫んでも、誰も答えてはくれなかった。

あの日を思い出して、つい涙が滲み出る。情けない声が唇から漏れた。

「ただ……お母さんに、会いたかった」

私の味方で、唯一の理解者。やっぱり最後まであの人しかいないんだと思った。そこから一人で就職先を探し新たなスタートを切る力は、私にはもう残っていなかった。

心を決めて、スマートフォンは解約。母との思い出の写真を何枚か小さなアルバムに入れて鞄にしまい、家を引き払って家具も家電も全て捨てた。何もかも、全て……捨てた。

そして、人のいないところで死のうと調べ上げたあの廃墟ビルに忍び込み、屋上から飛び降りようと計画していたのだ。そこで声を掛けてきたのがこの人、九条さんだった。私以外に視える人がいるという事実に驚き、ついてきてしまったのが全ての始まり。私は不思議なことに、今ここにいる。

「なんか、話してみると情けないですね。男に振られて自殺か、って」

泣き出しそうなのを誤魔化すように私は笑った。本心でもあった。いざ話を簡潔にまとめてみれば、自分でも安易な考えだったなと思う。

九条さんは私から少し目を逸らして口を開く。

「そう言えるようになったのなら、少しは過去を乗り越えられているのでは」

「……そうですね、そうかもしれません。もう何ヶ月も前の話ですし……ここ最近色々あったから」

私はずっと握りしめていたコードを床に置いた。そして九条さんに向き直り、深々と頭を下げた。

「九条さん、私を雇ってください」

もう迷いはなかった。私の決意の声が部屋に響く。

「私、今まで考えていませんでした。視えることが嫌で嫌で仕方なくて、相手が存在する理由なんて、何一つ考えていなかった。私のこの力が少しでも何かの役に立てるなら、全力を尽くしたいんです」

最初は働くなんて考えられなかった。この人だって変な人で苦手だった。でも今、ようやく頭がクリアになった気がする。命を捨てるだなんて滑稽で愚かなことだ。辛くて堪らなかったけれど、私は前を向かなくてはならない。それに九条さんは変な人だけど、信頼は出来る。少なくとも今まで出会ってきた人たちよりずっと。

頭を上げると、九条さんは無言で私を見つめていた。てっきり『では明日からよろしくお願いします』という言葉が返ってくるかと思っていたのだが。

「あの、九条さん？」

「不思議に思ったことはありませんか。あんな真夜中に、私があなたを見つけ出せたこと」

言われて思い出す。その疑問はずっと心の中にあった。何度か聞こうと思っていたのにタイミングを逃し、いつの間にか忘れてしまっていたのだ。

「あ、ずっと聞こうと思ってたんです……私の名前とかも知っていたし。どういうことですか？」

食いついて尋ねた。彼はあんな人気のない場所で私を見つけ出し、私のことも知っていた。その疑問が、今ようやく解消されるのだ。

九条さんはどこかをぼんやり見ながら口を開く。その視線の先に、一体何があるのだろうか。

「あの日、私は家に帰るのが面倒で事務所で寝ていました。まあ、よくあることです。一人横になって眠っていた時、夜中に訪問者が現れました。完全に時間外の依頼ですが断る隙もなく、『自分のせいで死んでしまいそうな人がいる、助けてほしい』と切羽詰まったように言われました」

そこまで聞いてどきりと胸が鳴る。言葉が出なかった。唾を呑み込む音がやけに響いて聞こえた。

「外に出ればタクシーまで用意してあった。諦めてそれに従ってみました。こんな状況は初めてだったので、少し楽しんでいた部分もあります。車内であなたのことを聞きました。名前も、私のように見えざるものが視えて悩んでいることも。相手は私にあなたの話をし続けた。最後に『どうか助けてほしい』と懇願されて、あの場所へ向かったのです」

「……まさか」

「行った先には、本当に今にも死にそうなあなたがいました。ここまで来たなら、私も依頼通りあなたの死を止めたくなった。そして今に至る、というわけです」

事の真相を聞き、自分の手が震えるのが分かった。九条さんがなぜ私を見つけたのか、私のことを知っていたのか、その謎が今明かされた。そう、彼を誘導した人がいたのだ。もしかしてその人は……

彼はふ、と小さく笑い囁いた。

「私、霊から依頼を受けたのは生まれて初めてです」

両手で口を覆う。

お母さん？　お母さんが九条さんを連れてきたの？

眠らずにまだこの世にいたの？　私を助けるために？

私は小さく首を横に振る。

「う、うそ……だって私は……」

「あなたのお母さん、お喋りですね。霊は個体差が大きくあるのは承知していますが、あんなに普通の人間のように語ってくる霊はなかなかいませんよ」

「だって私は……視たことも、感じたことさえ……」

「言ったでしょう、相性の問題ですよ。自分の死のせいで娘を死に追いやったと責めているならば、なおさら二人の波長は合いにくいのでは」

そんな！

震える手が止まらない。まさか、もうこの世にはいないはずの人が、私のために九条さんを頼っていたなんて。つまりは、お母さんはずっと私を見ていたということ。

混乱し戸惑う私を見ながら、九条さんはポツリと言った。

「今も、あなたの後ろにいらっしゃいますけど」

それを聞いて勢いよく振り返る。しかし、そこには何も視えなかった。物がなく閑散とした部屋があるだけで、物音も聞こえなければ気配も感じない。ただ寂しいほどに冷えた空気だけがある。

「……どうして……」

目から次々溢（あふ）れる涙をぬぐうこともせず、私は問いかけた。しんとした部屋に自分の声が虚（むな）しく響く。

「見たくないものばかり視えて……本当に視たいものはちっとも視えないの？」

一目でいいから会いたい。声を聞きたい。私のせいで家庭が壊れ、母子家庭で苦労を掛けた母とこれからゆっくり暮らしていきたかった。親孝行なんて何一つしてない。迷惑しか掛けていない。ほんの少しでも、母に感謝の気持ちを伝えたかった。今となってはもはや叶わぬその願いが、私を苦しめる。

「もう行かれるようです」

九条さんが呟いたのを聞いて、そちらを見る。九条さんは私の背後をじっと見つめて言った。

「黒島さんが前を向いていくと決意したので、お母様も安心したのではないですか」

私は慌てて振り返り、何もない空間を見つめた。そこにいるはずだけど視えない大切な人は、今どんな顔をしているんだろう。泣いてるのかな、笑ってるのかな。ああ、想像することしか出来ないなんて。

「お母さん……ごめんね……」

絞り出した声は、酷く掠(かす)れていた。

「心配掛けてごめん……育ててもらった命を捨てようとしてごめん……。でも、私もう大丈夫だから。頑張るから。もう死のうなんてしないよ」

今は亡き優しい顔が浮かんだ。熱を出した日はほとんど寝ずに看病してくれたこと。運動会のお弁当には私が好きなタコのウインナーをたくさん詰めてくれたこと。反抗期で母を鬱陶しく思い、喧嘩したこと。誕生日に毎年ホールケーキを買っては『お誕生日おめでとう光ちゃん』なんて書いたプレートを乗せるから、もういい大人なんだからやめてと言うと笑われたこと。

怖いものを視て落ち込んでいると、必ずそばにいてくれた。私を疑うことは決してしなかった。

私を嘘つき呼ばわりしない、唯一の人だった。

死んでからも私を思ってくれていた、その愛と温かさに気づかなかった自分を張り倒したい。ごめんねお母さん、ごめん。

「ありがとうお母さん。私、頑張ってみる」

涙で濡れた顔を上げて、私は笑顔を作った。最後くらい、笑った顔で別れたかった。

何もないその空間に、微かに懐かしい匂いを感じた気がした。ふわりとその香りに包まれた瞬間、心が安堵に満ちる。幼い頃抱きしめてもらったシーンが脳裏に浮かんだ。母の匂いとぬくもりが大好きだった。

その時、聞こえるはずのない小さな声が、私の脳内に響いた。

『幸せになってね』

＊

しばらく私はその場で子供のように泣きじゃくった。泣いても泣いてもなかなか涙が止まらず、自分自身困惑した。そんな私を、九条さんは何も言わずただ見守っていてくれた。こんなに泣いてしまっては、明日は目が腫れてとんでもないブス顔になるだろう。

しばらくしてようやく落ち着きを取り戻した私は、手の平で涙まみれの顔をぬぐった。そして再び九条さんに向き直り、深々と頭を下げる。

「九条さん、ありがとうございました。お母さんと九条さんがいなかったら、今私はここにいません。命の恩人です」

「大袈裟です」

九条さんは片膝を立てて座ったままこちらを見て言った。私は白い歯を出して笑う。

「大袈裟じゃないです、本当のことです。色々失礼なことも言いましたけど、本当に感謝してます」

「私としては、事務所で働いてくれる同じ能力の人を探していたので丁度よかったんです。こういう人とはなかなか出会えませんから」

「この能力がちゃんとお役に立てるように頑張ります。今までの人生、邪魔だっただけのこの力が、今度は特技になるように」

「これまでの働きぶりで十分役立ってますよ。入られたあなたは大変でしたでしょうし、入られすぎるのはよくないのでコントロールしてはほしいですが」

「あは、本当ですね。九条さんに迷惑も掛けていますし、そこはなんとかしたいです。仕事をこなしていい女になって、元カレも見返してやります！」

鼻を啜りながら笑ってみせた。泣いて気分も随分とすっきりしている。長く疑問だったことも解消され、霧が晴れたように心は爽やかな気持ちになれた。九条さんには本当に感謝しなくては。今度パッキーいっぱい奢ってあげよう。

片付けの続きをしようと、散らばったコードを再び手に取った。第二の人生が今から始まる。大変かもしれないけれど、今までは疎ましかったこの力を認めてくれる人がいる。だから、きっと大丈夫。ここには私が求めていた理解者がいてくれるんだから。

……もしかして、お母さんはこうなることを見越して、九条さんに助けを求めたのかなぁ。

そんなことを考えながら動いていると、九条さんが言う。

「でも、よかったですね」

「何がですか？」

「そんな理解のないくだらない男と結婚しなくて」

ふと手を止める。九条さんが私の元カレについてそんな毒を吐くとは思っておらず、少し驚いた。

「……それも、そうですね……」

「あなたには相応しくないですね」

「ど、どうも」

「ああ、それと黒島さん、一点」

思い出したように九条さんが言うのを、コードを纏めながら聞く。彼はいつもの淡々とした話し方で言った。

「私はあなたの妹さんのことは知りませんけど」

「聡美ですか？」

「華やかで美人で自分と正反対とあなたは言ってましたが、あなたも十分綺麗ですよ」

反射的に手を止めて勢いよく振り返ってしまった。彼は相変わらず無表情でこちらを見ている。

胸が鳴ってしまった。この男、突然凄いことを言い出す。慌てふためきそうになるのを必死に隠し、私は返事をした。

「は、はあ、どうも。でも、自分が男前だって自覚はないのに、他人への美的感覚はあるんですか？」

可愛げのない返答になってしまった。しかしそれでも、九条さんは平然と言う。

「当然です。自分のことは興味ないですけど、異性については私も一般的な美的感覚を持ってますよ。私も男ですから」

ついに心臓が自制も利かず爆音で鳴り響いてしまった。どこかで祭りでも繰り広げられているのだろうか。駄目だ、何をドキドキしてるんだ自分は。恥ずかしくて緊張して九条さんの方を見られない。

心の中で必死に言い聞かせる。やめろやめろ、これはあれだ、あの霊に入られた時、娘に対する愛しい気持ちがなぜか九条さんに向けられていた、あの名残がまだ残ってるんだ、そうに違いない！

あれ、でも普通娘にドキドキはしないと思うのだが。

一人パニックに陥る私にトドメをさすように、九条さんは続けた。

「少なくとも、傷心の相手に嫌味なメールを送りつけてくる人より、他人の痛みに敏感で泣くことが出来る人の方がずっといいです。あなたはもう十分『いい女』ですよ」

そう言い放った九条さんを見ると、今まで見たことのないくらい優しく笑っていて。とうとう私の心臓は止まった。

……いやいや、生きてる。大丈夫止まっていない！　せっかく生きると決めたのにここで死んでどうするのだ。でもうるさい。心臓がうるさい。

一体自分はどうしてしまったというのだろう、やはり免疫がないからだろうか。これほどの男前に、いい女だなんて言われた経験は未だかつてない。だからきっと、慣れないことにびっくりしてしまっているのだ。

……そう、きっと、それだけのこと、だよね。

完全に混乱してしまった私をよそに、九条さんは面倒臭そうに立ち上がってモニターの片付けを始めた。やっぱり、彼自身は何も思っていない天然タラシのようだ。その態度が最高にムカついた。人をこんなに動揺させておきながら、この男は。事務所のパッキー全部捨ててやろうか。

私が逆恨みをしている時、アパートの部屋のドアがガチャリと開く音が聞こえた。

「お疲れ様でーす！　片付け手伝いに来ましたー。掃除道具も持ってきましたよ～」

伊藤さんの明るい声が響き、すぐに足音と共に、あの人懐こい笑顔が見えた。ところが、彼はリビングに入って私の顔を見た途端、分かりやすく驚いた。挨拶（あいさつ）を返す間もなく、彼は九条さんに怒りの顔で詰め寄る。

「九条さん！　なんで黒島さん泣かしてるんですか！」

「はい？」

「何言ったんですか、もー！」

すると九条さんは心外だ、というように伊藤さんを見る。

「私じゃないですよ。事件の終わりとかなんやかんやで感極まったみたいです」

伊藤さんが本当？　とばかりに私を見た。慌ててそれに同意する。

「ほ、本当です！　井戸田さんのお母さんの姿とか見ちゃったりして……切なくて」

「そうなの？　ならいいけど。九条さんに泣かされたら僕に言うんだよ！」

鼻息を荒くして言う伊藤さんについ笑う。九条さんは呆れたように伊藤さんに言った。

「あなた、私をなんだと思ってるんですか」

「ええ？　だって九条さん、女心も何も分かってないんですもん。前もらった明らかなラブレター、仕事の依頼と勘違いして僕に寄越したりするし」

「……あれは」

「女心は複雑なんですよー？　気をつけないと」

男の人なのになぜか伊藤さんは女心を語っている。でも不快感がない伊藤さんの凄さ。笑ってしまう私とは逆に九条さんは拗ねたように口を尖らせたが、すぐに思い出したように伊藤さんに言った。

「ああ、黒島さんは本採用です」

「……え！　そうなんですか⁉」

「はい、色々教えてあげてください」

伊藤さんが笑顔でこちらを振り返る。私は勢いよく頭を下げた。

「よろしくお願いします！」

「そっかそっか、よかった！　よろしくね。いやー助かるなぁ。九条さんの世話、僕の手には負えなくて」

「あはは！」

「あ！　そうなれば事務所の近くで部屋探しからだね。僕ちょっと知り合いいるし、一緒に探すよ」

「わあ！　心強いです！」

「これからよろしくね、頑張ろう！」

眩（まぶ）しいほどの笑顔の人。その後ろでぼーっと立ってる人。

なんだか個性的で凄いメンバーだけど、私はきっとこれから頑張れる。この人たちは私を信じてくれる、理解者であることは間違いないから。

私は目を細めて二人を眺めた。これから大変な毎日かもしれないけど、もう下を向いたりしない。

ゆっくりカーテンのない大きな窓を眺めた。

今日も空は晴れて、青空が気持ちよく広がっていた。

帝都を騒がす
事件の裏に怪異あり——

薄幸探偵+異能少年
陰陽コンビの
大正怪異ミステリー

謎多き美貌の探偵
心の闇を暴き魔を祓う!

——大正十年。職業婦人になるべく上京した椎葉桜子(しいばさくらこ)は、大家に紹介された奇妙な探偵事務所で、お手伝いとして働き始める。そこにいたのは、およそ探偵には見えない美貌の男、犬神零と、不遜にして不思議な雰囲気の少年、ハルアキ。彼らが専門に扱うのは、人が起こした事件ではなく、呪いが引き起こす『怪異(けい)』と呼ばれる事象だった。ある日、桜子は零の調査に同行する事になり——

◉定価:726円(10%税込)　◉ISBN:978-4-434-31351-6　◉Illustration:千景

大正十四年、銀座。とあるカフェーで女給の千歳は窃盗事件に巻き込まれる。そこに現れたのは、事件解決のために呼ばれた探偵である兎田谷朔（うさいだやはじめ）という男。彼の華麗な推理で、事態は収束。大団円かと思いきや――

「解決さえすりゃ真実なんかいらないのさ」

なんとその推理内容は、兎田谷自身が組み立てたでっち上げの真実だった！　口八丁でどんな事件も丸く収める、異色の探偵兼小説家が『嘘』を武器に不可思議な依頼に挑む。

◎定価：726円（10%税込）　◎ISBN 978-4-434-30555-9　◎illustration：新井テル子

◉定価：770円（10％税込）　◉イラスト:萩森じあ　ISBN:978-4-434-33899-1

本当の家族じゃなくても、
一緒にいたい――

高校二年生の由依は、幼い頃に両親が離婚し、父親と一緒に暮らしている。だけど家庭を顧みない父親はいつも自分勝手で、ある日突然再婚すると言い出した。そのお相手は、三十二歳のキャリアウーマン・琴子。うまくやっていけるか心配した由依だったけれど、琴子は良い人で、程よい距離感で過ごせそう――と思っていたら、なんと再婚三か月で父親が失踪！　そうして由依と琴子、血の繋がらない二人の生活が始まって……。大人の事情に振り回されながらも、たくましく生きる由依。彼女が選ぶ新しい家族のかたちとは――？

定価：726円（10%税込）　ISBN978-4-434-33746-8

イラスト：細居美恵子

この作品に対する皆様のご意見・ご感想をお待ちしております。

おハガキ・お手紙は以下の宛先にお送りください。

【宛先】

〒150-6019 東京都渋谷区恵比寿4-20-3 恵比寿ガーデンプレイスタワー19F
（株）アルファポリス　書籍感想係

メールフォームでのご意見・ご感想は右のＱＲコードから、
あるいは以下のワードで検索をかけてください。

アルファポリス　書籍の感想　検索

ご感想はこちらから

ALPHAPOLIS
アルファポリス文庫

視えるのに祓えない～九条尚久の心霊調査ファイル～

橘しづき（たちばな しづき）

2024年5月25日初版発行

編集ー羽藤 瞳・大木 瞳
編集長ー倉持真理
発行者ー梶本雄介
発行所ー株式会社アルファポリス
〒150-6019 東京都渋谷区恵比寿4-20-3 恵比寿ガーデンプレイスタワー19F
TEL 03-6277-1601（営業） 03-6277-1602（編集）
URL https://www.alphapolis.co.jp/
発売元ー株式会社星雲社（共同出版社・流通責任出版社）
〒112-0005 東京都文京区水道1-3-30
TEL 03-3868-3275
装丁イラストー萩谷 薫
装丁デザインー西村弘美
印刷ー中央精版印刷株式会社

価格はカバーに表示されてあります。

落丁乱丁の場合はアルファポリスまでご連絡ください。

送料は小社負担でお取り替えします。


ISBN978-4-434-33897-7 C0193